**십분의 일을
냅니다**

십분의 일을
냅니다

이현우 지음

사장이 열 명인 을지로 와인 바
'십분의일'의 유쾌한 업무 일지

알에이치코리아

프롤로그

사장님이 / 정말 열 명이에요?

"여기 사장님이 정말 열 명이에요?"

가끔 이렇게 묻는 손님들이 있다. 그러면 나는 기다렸다는 듯이 "네, 그럼요." 하고 자신 있게 답한다. 다음 질문이 바로 이어진다.

"그런데 왜 혼자 계세요?"

이제 본격적인 인터뷰가 시작된다.

"아, 저희는 열 명이 운영을 하는데 제가 대표를 맡고 있고요. 다른 멤버들은 각자 직장이 있어서 주말에 들르기도 하고, 한 달에 한 번씩 모여서 회의를 하는데 그때 와요. 그리고 각자 월급의 십분의 일을 회비로 내서 가게 이름이 십분의일이 되었는데….”

가게에 대한 전반적인 소개가 끝나면 사람들은 고개를 끄덕이며 말한다. “와, 괜찮다. 너무 좋다. 야, 그럼 우리는 사분의일 하자.” 하며 키득키득(네 명이서 옴). 괜찮고 너무 좋다는데 기분이 나쁠 리 없다. 그들도 웃고 나도 웃고. 어떤 어르신은 대놓고 “이거 참, 대단한 청년들이야!” 하며 등을 두드리고 간다. 그럴 때면 괜히 어깨가 한껏 위로 올라간다. 대화는 보통 이렇게 마무리된다. 해피 엔딩.

멤버들과 함께 을지로 인쇄 골목에 가게를 만든 지 3년이 지났다. 2016년 1월부터 시작해 그해 12월 정식 오픈을 했으니 가게 하나를 만드는 데 꼬박 1년이 걸린 셈이다. 네 명으로 시작한 모임은 시간이 흘러 열 명이 됐다.

사장이 여러 명이다 보니 참견하는 사람도 여럿이었다. 누군가는 결국 시간이 지나면 하나둘 찢어지게 될 거라며 동업의 미래를 비관했고 또 다른 누군가는 이런 골목에서는 잘해야 본전치기라며 걱정했다. 가끔 궁금해서 가게로 올라온 동네분들은 여기서 무슨 장사를 하겠냐며, 자기들끼리 아지트를 만든 것 아니냐고 수군거렸다.

다행히 우리는 운이 좋았다. 우리의 아지트 같았던 '십분의일'은 점점 여러 손님들의 아지트가 되었고 몇 개월이 지나자 본전치기를 넘어섰다. 우리는 여전히 여럿이서 함께 운영 중이다.

그렇다. 우리는 성공했다,

로 끝내고 싶은데 그러기엔 지금까지 이 안에서 벌어진 구질구질한 일들이 너무 많다. 한 사람이 가게를 해도 매일매일 에피소드가 쌓일 텐데, 열 명이서 가게를 운영하고 있으니 오죽할까.

3년 동안 매일같이 열 명이 동시에 말하는 카톡방을 들여다봤다. 한 달에 한 번씩은 열 명이 주인인 가게에 모여, 모두가 1인 1표를 행사하는 민주적인 회의를 한다. 그걸 대략 30번쯤 했다. 이제 민주주의고 뭐고, 다 지겹다. 가끔은 민주주의가 정말 인간에게 적합한 제도가 맞는지 진지하게 의심한다. 인류 역사에서 왜 그렇게 많은 독재자가 등장했는지도 조금은 이해된다. 총회를 한답시고 둘러앉아 메뉴에 올리브를 추가하냐 마냐를 두고 1시간 동안 지지고 볶고 있는 멤버들을 보고 있으면 올리브기름이라도 끼얹고 가게를 통째로 태워버리고 싶은 충동마저 느낀다. 목재여서 활활 잘 탈 게 분명하다.

한편으로 난 멤버들을 사랑한다. 일을 하다 문제가 생겼을 때 가장 먼저 떠오르는 건 우리 멤버들이다. 가게에 사고가 나면 가장 먼저 달려오는 것 역시 우리 멤버들이다. 과연 이들이 없었다면 내가 십분의일을 운영하고 있었을까. 그럴 리 없다. 애초에 장사 같은 건 별로 생각해본 적이 없었으니까.

멤버들과 함께 복작거리며 공동체를 만드는 게 즐겁고 재밌었다. 우리만의 규칙을 정하고 정관을 작성했다. 창업이라기보단 하나의 유토피아를 만드는 일이라고 생각했기에 시작

할 수 있었다. 솔직히 멤버들이 없는 혼자만의 가게는 상상이
되지 않는다.

이렇게 하루에도 몇 번씩 왔다 갔다 한다. 무소의 뿔이라도
된 듯 일관되게 나아가면 좋겠지만 워낙 미완의 인간인지라
이런 시끌벅적한 가게의 사장을 맡고 있자니 혼란스러울 때가
많다. 김영하 작가가 자신의 책에서 '본래 민주주의는 협잡꾼
과 궤변론자들, 갑남을녀와 극단주의자들이 지루한 논쟁과 타
협을 거쳐 차선과 차악을 선택하는 구질구질한 시스템이다'라
고 쓴 적 있는데, 협잡꾼이기도 하고 궤변론자가 되기도 했다
가 때로는 극단주의자가 되기도 하는 게 바로 나다.

세상엔 참 다양한 밥벌이가 있다. 열 명이 사장인 가게의
대표 역시 하나의 직업이다. 어느 일이나 다 그렇듯이, 이 일
도 즐겁고 뿌듯하다가도 화가 나고 욕도 나온다. 오락가락하
는 내 마음을 정리하고 싶었다. 동시에 '정말 사장님이 열 명
이냐. 그럼 당신의 정체는 무엇이냐.'라고 물으며 사분의일이
나 오분의일을 꿈꾸는 분들에게 십분의일 이야기를 들려드리
고 싶어 이 책을 썼다.

답이 될 수 있을지 모르겠지만 '음, 세상엔 이렇게 먹고사는 사람도 있구만' 하는 마음으로 재밌게 읽어주셨으면 좋겠다. 다행히 나도 서서히 이 직업의 재미를 찾아가는 중이니까.

목차

1부 / 월급의 십분의 일만 내면 되는데

2부 / 약간 인더스트리얼풍의 회색빛이 도는

3부 / 간판이 없는데 어떻게 오셨어요

4부 / 구질구질해도 혼자보단 나으니까

월급의
십분의
일만
내면
되는데

퇴사의 / 시작

남몰래 퇴사를 고민하기 시작한 건 입사한 지 1년이
조금 지났을 때부터다. 나는 드라마 제작사에서 피디로 일하
고 있었다. 하고 싶었던 일이었고 함께 일하던 동료들도 나쁘
지 않았다. 그럼에도 왜 퇴사라는 단어를 머릿속에 품게 되었
냐? 고백하건대 대단한 이유가 있지는 않았다. 그냥 몸이 너
무 힘들었기 때문이다. 도대체 왜 감독님이 집에 가지 않으면
퇴근할 수 없는 것인지. 새벽 6시에 시작해 다음 날 아침 7시
에 종료되는 말도 안 되는 촬영 스케줄이 거듭되는데도 왜 이
업계는 아무 일 없다는 듯 여태껏 잘 돌아가는 것인지. 왜 나
는 매번 아메리카노 12잔을 양손에 들고 현장으로 뛰어가고
있는 것인지! 막내 피디가 드라마 현장에서 겪어야 했던 의문

과 서러움을 다 모으면 삼국지 정도의 분량도 거뜬히 써낼 수 있다.

　퇴사를 마음에 품었을 뿐 쉽사리 그 카드를 꺼내 들지 못했던 건, 사회 통념상 1년이라는 기간은 너무 짧았고(근성 없는 놈이라고 손가락질 받을 게 뻔했다), 가끔 함께 술을 마실 때마다 내 어깨를 툭 치며 "야, 조금만 고생해. 넌 입봉하면 진짜 잘할 스타일이야!"라는 달달한 주문을 주기적으로 걸어주는 부장급 선배, 그리고 나름 대기업 계열이라고 주는 쏠쏠한 복지 혜택들 때문이었다. 동기들과의 술자리에선 당장 노동 운동이라도 시작할 기세로 드라마 업계 시스템을 비판했지만, 선배들이나 임원들과의 술자리에선 회사에 대한 충성을 다짐하고 장밋빛 미래를 꿈꾸며 술잔을 기울였다. 몸은 힘든데 막상 뛰쳐나가자니 그동안 먹은 술도 아깝고. 그렇게 남들과 크게 다를 것 없는 직장인의 삶을 살고 있었다.

　그날은 뭘 잘못 먹었는지 아침부터 아랫배가 살살 아팠다. 연출부가 주는 스케줄표를 받아 들었는데 딱 봐도 고생길이 훤했다. 내가 투입된 드라마는 꽤 유명한 감독님과 작가님이 붙었고 배우 캐스팅도 나쁘지 않아 회사에서 주목하는 작품이었다. (이전까지 내가 참여했던 드라마는 이름만 들어도 재미없을 게 뻔한 드라마들뿐이었고 심지어 그중 하나는 조기 종영했다) 혹시 이번 작품이 잘 마무리되면 사내 진로도 잘 풀리려나. 하지만 눈앞의 현실은 빡빡한 촬영 스케줄이었고 나는 화장실에서 아픈 배를 부여잡고 스케줄표에 밑줄을 빡빡 쳤다. 아니나 다를까 점심이 지나고 나니 선배가 연출부 스태프 몇명을 인솔해서 야산에 다녀오라고 했다. 여주*가 성묘를 하는 씬**인데, 현장에 풀이 너무 많아 그림이 안 나온다는 이유였다. 휴. 이런 일까지 해야 되나. 8월의 뙤약볕처럼 불만이 차올랐지만 선택의 여지가 없었다. 미리 현장에 가서 얌전히, 영혼 없이 벌초를 했다.

"앗 따거!"

일을 거의 마쳤을 때쯤 외마디 비명 소리가 울렸다. 비명의 주인공은 나였다. 바지 안으로 웬 파리 같은 게 들어오는

* 여자 주인공. 남자 주인공은 남주. 어딜 가나 줄임말이 참 많다.
** 장면, 신Scene.

느낌이 들어 본능적으로 쫓아냈는데 그건 파리가 아니고 벌이었다. 내 손짓에 위기를 느낀 벌이 내 아랫배보다는 조금 더, 조금 더 아래쪽에 침을 놓은 것이다. 산에 가는데 반바지를 입은 게 화근이라면 화근이었다. 독감 예방 주사 같은 것과는 차원이 다른, 자연의 따끔함이 온몸을 파고들었다. 아니, 이거 말벌이면 어째. 과수원에서 일하던 농부가 말벌에 쏘여 결국 사망에 이르고 말았다는 뉴스 기사가 떠올랐다. 말벌은 아니었는지 다행히 죽지는 않았지만 현장에 소문이 이상하게 퍼졌다. '현우 피디 거기가 벌에 쏘였대.' 많은 스태프들이 안부를 물어왔는데 분위기가 묘했다. "이 피디, 괜찮아? 내가 어디서 들었는데 일부러 거기에 침을 맞기도 한대. 잘된 거야, 오히려. 돈 벌었어!" 나이 지긋한 조명 감독님이 능글맞게 웃었다. 글쎄, 거기가 아니라 아랫배라니까요! 친하지 않은 여자 스태프들도 멀리서 나를 보며 킥킥 웃었다.

　그나마 다행인 건, 그런 나를 딱하게 여긴 선배가 일찍 들어가라며 퇴근을 명한 것이다. 오후 9시였다. 세상에, 현장에서 9시 퇴근이라니. 스케줄표상 촬영은 새벽 2시를 가뿐히 넘길 게 분명했다. 나는 편집실에 전달할 외장 하드를 손에 꼭

쥔 채 감사한 마음으로 제작 봉고*에 올랐다. 사람의 마음이
란 간사해서 뒷좌석에 앉아 다리를 쫙 뻗으니 감사한 마음은
금세 사라지고 온갖 잡생각이 들었다. 아직 시작도 안 한 그
드라마는 유독 촬영 시간이 길었고 그해 여름은 무척이나 더
웠다. 남은 촬영 일수를 헤아려보니 까마득했다. 이러다 진짜
현장에서 쓰러지는 거 아냐? 참 나, 벌에 쏘이는 바람에 일찍
들어가다니. 근데 좋다. 헤헤. 집에 가면 12시네. 이렇게 일하
느니 차라리 병원에 드러눕는 게 낫겠어. 한 달쯤 시원한 병원
에 누워서…. 여기까지 생각한 나는 잠이 들었다.

"여보세요? 여기 내부순환로 한복판인데요. 네, 네. 저는
괜찮은데 같이 탄 피디가 지금 의식이 없어요."

자다가 일어나 눈을 게슴츠레 떴는데 기장님**이 밖에 서
서 통화를 하고 있었다. 기장님이 왜 거기 있어요. 다 온 건가.
그리고 나 의식 있는데? 잠이 덜 깬 상태로 몸을 움직이려는
데 잘 움직여지지 않았다. 이거 꿈인가. 그러고 보니 누워 있

* 외장 하드 등 제작팀 장비를 운반하기 위한 차량.
** 방송 차량을 운전하는 모든 분들을 기장님이라고 칭한다.

는 각도도 좀 이상했다. 눈을 내리깔고 밑을 보는데… 티셔츠
와 바지가 피범벅이 되어 있었다. 으악, 이게 뭐야! 갑자기 온
몸에 엄청난 고통이 밀려오는 것 같았다. 그리고 정말로 의식
을 잃었다. 교통사고였다.

수호천사라는 게 / 있는데

나   그러니까 내가 말이야, '아, 이렇게 일할 바에 사고나 나서
      병원에 한 달쯤 드러눕는 게 낫겠다' 이렇게 생각하고 잠
      들었는데, 눈을 떠 보니까 차가 뒤집혀 있었단 말이야.

친구   응. 다행이다. 자다가 고통 없이 훅 갔네.

나   아니. 그게 아니라, 미친놈아. 그 수호천사라는 게 있는
      데….

  병문안을 온 친구들은 별 관심 없었겠지만 나는 원래 베르
나르 베르베르의 《천사들의 제국》에 등장하는 수호천사 세계
관을 갖고 있었다. 이 책에 의하면, 사람은 죽어서 재판을 받
고 일정 점수를 넘기면 환생을 멈추고 천사가 된다. 신입 천

사가 되면 세 명의 영혼을 돌보는 미션을 부여받는다. 만약 그 세 명이 좋은 점수를 받아 환생을 멈추고 모두 천사가 되면 수호천사는 대천사로 레벨 업을 할 수 있다. 나는 이 이야기를 가끔은 진지하게 믿는다. 뭐, 늘 내 옆에 수호천사가 있다고 생각하는 건 아니지만(어차피 챙겨야 되는 사람이 세 명이나 돼서 늘 있을 수는 없다) 주로 어려운 시기에 처할 때마다 수호천사 세계관을 무기처럼 장착하곤 했다. 그해 여름도 수호천사의 보살핌이 간절하게 필요했다. 사람이 너무 힘들면 별의별 생각이 들기도 한다. 가령 당장 내일이 시험인데 공부를 하나도 안 했을 때, 지진이나 홍수가 나서 학교에 안 갔으면 좋겠다는 생각. 더 나아가면 지구가 멸망해버렸으면 하는 디스토피아적 상상들 말이다. 봉고차를 타고 현장을 떠난 그날, 어딘가에서 팔짱을 낀 채 날 관망하고 있을지 모를 나의 천사에게 나는 보살핌 대신 사고를 빌었던 것이다.

　　나만큼이나 지친 기장님은 졸음운전을 했고 내부순환로에서 앞차를 들이받았다, 고 한다. 삼중 추돌. 승용차 세 대가 망가졌고 우리 차는 거의 반파가 됐는데 신기하게 제대로 다친 사람은 나 하나였다. 눈 밑 뼈와 코가 골절됐고 양쪽 무릎

이 찢어져 너덜너덜해졌다. 머리를 다친 건 아닌지 시력에 이
상이 생긴 건 아닌지, 여러 검사를 받아야 했지만 다행히 모
두 이상 없었다. 골절된 얼굴뼈를 맞추는 수술을 해야 돼서 한
달 동안 병원 신세를 졌지만, 팔다리는 멀쩡했기에 수술 직후
를 제외하고는 꽤 살만했다. (내 수호천사는 착하고 섬세한 분인
게 분명하다) 다행이었지만 여러모로 참 놀랄만한 일이긴 했
다. 살면서 많이 다쳤다. 넘어져서 무릎이 까지기도 하고 뛰다
가 발목이 접질리기도 하고 자전거를 타다 도랑에 빠진 적도
있다. 하지만 교통사고는 그야말로 영화나 뉴스에서 봤지, 내
가 교통사고라는 걸 당하고 앰뷸런스에 실려 갈 줄이야. 그 와
중에 이렇게 살아남다니. 드라마를 찍다 드라마보다 더 드라
마틱한 상황에 처한 나는 괜히 신이 났다. 얼굴에 붕대를 감은
채 이 미스터리한 상황을 이곳저곳에 전파했다. 반파된 차량
에서 목숨을 걸고 기어 나온 썰, 피투성이가 됐지만 차 안에서
눈을 뜨자마자 촬영본이 들어 있는 외장 하드부터 찾은 썰 등
다양한 영웅 신화를 만들어 떠들어댔다.

　"이현우, 입은 여전히 살아 있네." 병실을 찾은 회사 선배
가 위로를 건넸다. 나를 일찍 퇴근시킨 선배는 자기가 괜히 먼

저 보내 사고가 났다며 현장에서 울음을 터트렸다고 했다. 늘 나를 쥐 잡듯이 잡던 선배였다.

촬영은 계속됐고 현장은 아무 일도 없었다는 듯 잘 돌아갔다. 회사는 작품에서 나를 하차시키기로 결정했다. 내 업무를 대체할 계약직 피디를 뽑는 데는 3일이 채 걸리지 않았다. 병원에 누워 드라마 첫방을 보는데 괜히 마음이 아렸다. 드라마 현장에 있던 사람들은 대부분 참 좋은 사람들이었는데 왜 현장은 늘 지옥 같았던 걸까. 그 여름, 지옥에서 허덕이던 스태프들은 대부분 병문안조차 오지 못했다.

병원은 알맞게 시원했고, 밥도 맛있었다. 수술받은 상처가 점점 아물고 있었다. 퇴원 날짜가 다가올수록 샤머니즘적 세계관과 각종 신화에서 서서히 깨어났다. 그 와중에 참여했던 드라마는 챙겨 봤다. 시청률이 계속 오르고 있었다. 드라마는 여전히 재밌는데 드라마를 만드는 사람들의 생활은 언제까지 이렇게 팍팍할지. 이쯤, 묵혀둔 퇴사라는 단어가 다시 스멀스멀 올라와 눈앞에 아른거리기 시작했다. 퇴원을 하고 회사에 복귀했는데 내가 곧 또 다른 현장에 투입될 거라는 소문이 돌았다. (에이, 설마 했다) 그리고 얼마 지나지 않아 소문은 기정 사실화됐다. (욕을 했다) 당연히 당분간은 내부에서 쉴 줄 알았는데 경악스러운 일이었다. 갑자기 이런 생각이 스쳤다.

'이러다 서른이 되기도 전에 일하다 죽는 거 아냐?'

결국 사표를 냈다. 본격적으로 찬바람이 불기 시작한 11월 말 회사를 나왔다. 29살 겨울이었다. 돌이켜보면 여전히 의문인 구석이 많다. 독했던 선배는 왜 울음까지 터트린 것이며, 갑자기 교통사고는 또 뭐고, 회사는 왜 날 현장으로 보내려고 안달이었을까…. 아니, 일단 수호천사는 정말 있는 거야, 없는 거야.

조금 / 클리셰이긴 하지만

　퇴사와 동시에 인도로 여행을 떠났다. 예전부터 막연하게 그곳이 끌렸다. 회사 술자리에서 가끔씩 "에이씨, 때려치우고 인도나 가야지."라고 했는데 말이 씨가 됐을 수도 있겠다. 퇴사가 유행처럼 번진 요즘은 다양한 퇴사 관련 콘텐츠가 생겼지만 당시만 해도 그런 게 없었고 보통은 여행을 떠났다. 나도 마찬가지였다. 이왕 가는 거 조금 '쎄' 보이는 나라를 택했다. 두 달 남짓이었지만 혹시 모를 깨달음을 기대하기도 하면서.

　먹고 싶을 때 먹고, 자고 싶을 때 자고, 가고 싶은 도시에 가고, 갔다가 마음에 안 들면 또 떠나고, 그렇게 두 달간 자유를 실컷 만끽했다. 퇴사를 한 많은 사람들이 여행을 떠나는 건 스스로 결정하는 즐거움을 누리기 위함이 아닐까 싶다. 때로는 점심 메뉴조차 마음대로 고를 수 없는 환경 속에서 우리 안에 있는 원초적 자유는 꾹꾹 눌린다. 삼시 세끼를 대부분 회사에서 해결했던 나는 더 심한 갈증을 느꼈다. 내 안에 자유라는 짐승은 너무 오랫동안 억눌린 상태였다. 나는 미지의 세계 인도에 짐승을 마음껏 풀어놨다. 해방된 자유는 산책 나온 개처럼 마음껏 뛰어다녔다. 너무 풀어놨던 걸까. 자유의 크기만큼 불안도 바깥세상으로 나와 기지개를 켰다. 여행이 주는 즐거움은 여전했지만 모든 걸 혼자 결정하고 진행하는 즐거움은 그리 오래가지 못했다. 영화 〈쇼생크 탈출〉이 떠올랐다. 오랫동안 자유를 박탈당하다가 사회에 나왔지만 주어진 자유를 제대로 누리지 못하는 레드(모건 프리먼). 마트에 취직한 그는 화장실을 갈 때도 매번 상사에게 허락을 구하다 핀잔을 듣는다. 철저하게 수동적으로 움직여야 했던 막내 피디 생활이 혹시 나를 자유를 누리지 못하는 사람으로 만든 것은 아닌지 겁이 났다.

　한 친구는 인도로 떠나겠다는 나에게 "너 참 여유 있다."

고 했지만 비행기에 오르는 마음이 마냥 편했던 것은 아니다. 회사를 그만둔 다른 사람들처럼 나 역시 먹고사는 것에 대한 궁리까지 꽁꽁 싸매 배낭에 실었다. 히말라야 어느 오두막집에서 알게 된 젊은 부부는 둘이 함께 퇴사하고 1년간 세계 일주를 하고 있다고 했다. 아파트 전세금을 빼서 온 것이라며 웃는 그들이 영웅처럼 느껴졌다. 돌아가는 비행기를 취소하고 해외를 누비는 내 모습을 상상해봤지만 나는 본능적으로 그런 캐릭터가 아니라는 걸 이미 알고 있었다. 두 달간의 여행에서도 스멀스멀 올라오는 불안을 애써 누르고 있었으니까. 어쩔 수 없었다. 나는 아직 따박따박 들어오는 월급의 맛을 잊지 못한 회사원이었다. 서른, 퇴사자. 태어나 처음 갖는 직업이 어색했던 나는 다양한 가면을 썼다. 때론 전직 피디로, 어느 날은 예비 작가로, 또 어떤 땐 인도 여행자로. 대책 없는 백수로 비치지 않기 위해 몸부림쳤다.

마지막 여행지였던 말레이시아 쿠알라룸푸르에서 집으로 돌아가는 비행기를 놓쳤다. 게스트 하우스에서 사람들과 떠들다가 공항에 늦게 도착한 탓이었다. 인도로 가는 비행기를 탈 때도 샌드위치를 먹다가 늦어 헐떡이며 뛰었었는데. 수

미상관인가. 잠깐 동안 방콕으로 가는 항공편을 새로 끊을까 고민했지만 결국 나를 안쓰러워한 공항 직원이 제시해준, 정가보다 할인된 인천행 비행기표를 결제했다. 여행은 아무것도 변화시키지 못했다. 돌아왔을 때, 나는 진짜 백수가 되어 있었다.

백수

계획이 없었던 건 아니다.

우선 퇴사와 동시에 드라마 작가 공모전을 준비한다. 우여
곡절 끝에 공모전에 당선되어 곳곳에서 러브 콜을 받지만 정
체를 숨긴 채 옛 직장을 찾는다. 첫 미팅 자리에서 나를 마주
한 선배는 "아니, 너는…!" 하는 표정으로 놀라움을 감추지 못
하더니 거액의 원고료를 제시한다. 여유 있는 얼굴로 계약서
에 도장을 찍고, 곧 편성이 된 드라마는 예상대로 대박이 난
다. 또래 직장인의 3년 치 연봉을 한 번에 벌어들인 나는 다음
작품을 계약하자는 제작사들의 성화를 뒤로한 채 잠시 남미
로 여행을 떠나는데….

이 귀여운 꿈에서 깨어나는 데에는 그리 오래 걸리지 않았다. 회사에서 우후죽순 들어오는 대본을 보면 나도 시간만 있으면 탁탁 대본을 써 내려갈 줄 알았는데. 드라마 현장에서 짬이 나면 몰래 세트장 구석에 짱박혀 노트북에 글을 쓰기도 했는데. (그때 진짜 잘 써졌다) 막상 8시간씩 잘 자고 밥도 꼬박꼬박 잘 먹는데도 글이 통 써지지 않았다. 조앤 K. 롤링은 5년 넘게 가난과 싸우며 해리포터를 썼다. 이혼한 상태였고 아이도 있었다. 나는 아이는커녕 개도 한 마리 기르지 않는다. 대신 가끔 밥을 해주시는 부모님이 있다. 인생의 고단함을 얘기하기에 서른이란 나이는 너무 파릇파릇했던 걸까? 아무래도 '우여곡절 끝에 공모전에 당선되어…'라는 야심찬 계획 중에서 단어 하나를 간과했던 것 같다. 우여곡절. 정말 중요한 건데.

여행에서 돌아온 지 얼마 안 된 어느 날이었다. 오랜만에 스타벅스에 갔다. 커피는 좋아하지만 프랜차이즈 카페를 별로 좋아하지 않는다. 커피값이 늘 너무 비싸게 느껴지기 때문이다. 법인 카드로 쓱쓱 긁어 마시던 아이스 아메리카노가 참 좋았다. 점심 먹고 한잔, 회의한다고 한잔, 미팅한다고 한잔, 그렇게 물처럼 커피를 마셨다. 그런데 이제 내 돈으로 커피값을 내려니 자꾸 가격표가 눈에 들어왔다. 4,100원이면 뭘 할 수 있으려나. 큰일이었다. 고작 아메리카노 한 잔에 옛 회사를 그리워하게 되다니. 퇴사한 지 3개월밖에 안 지났는데. 하필 그날은 스타벅스에 사람이 가득했다. 3층으로 된 거대한 공간에 자리가 없었다. 다들 무슨 사연으로 평일 오후 4시에 4,100원을 지불하고 여기에 앉아 있는 걸까. 문득 사람들이 그리워진 나는 카페 풍경을 찍어 옛 스터디 단톡방에 올렸다. '다들 어렵다고 하는데 스타벅스는 여전히 붐비네.' 잠시 뒤, 예상치 못한 답변이 돌아왔다. '아 맞다. 현우, 아로파! 까먹고 있었네ㅋㅋ'

아로파…? 그래, 그러고 보니 그런 모임이 있었다.

최후의 / 제국

대학 시절 스터디를 많이 했다. 여러 스터디 중 피디 지망생들만 모인 그룹이 있었는데, 다들 성격이 잘 맞아 오랫동안 함께 공부했다. 아니, 정정하면 다들 성격이 잘 맞아 오랫동안 함께 술을 마셨다. 채용 정보를 주고받으며 술도 많이 마시고, 세상 돌아가는 얘기를 하며 술도 많이 마시고, 서류 전형이나 필기시험 통과 또는 탈락 소식이 있으면 기회다 싶어 또 술을 마셨다. 이런 경향은 나를 포함한 몇몇이 취업해 피디라는 타이틀을 얻은 뒤에도 종종 이어졌고, 그날도 종로의 한 치킨집에서 맥주를 마시고 있었다. 그러니까 이건 2015년 말, 내가 죽음의 고비를 넘기고 다시 회사에 복귀해 퇴사를 할락 말락 하던 시기다. 현직 피디가 된 두 사람과 여전히 피디를

꿈꾸는 지망생 둘이 모이자 각종 트렌드와 방송 업계 이야기
가 쏟아져 나왔다. 하지만 맥주가 몇 잔 들어가다 보니 자연스
레 왁자지껄함은 조금씩 가라앉고 세상살이의 어려움이 흘러
나왔다. 나는 예비 백수로서 미래에 대한 막연한 불안감과 막
막함, 짧게나마 해온 일에 대한 시원섭섭함 등이 혼재해 머릿
속이 복잡했다. 나만 그런 줄 알았는데 다행히도 직장인은 직
장인대로, 취준생은 취준생대로, 머리와 마음이 어지러웠다.
강산이 형이 화제를 전환했다.

　"너네 〈최후의 제국〉 다큐 기억나지? 거기 '아로파'라는 게
나오잖아."

　2013년쯤이었을 것이다. 당시 우리는 다큐멘터리 한 편을
감명 깊게 봤다. SBS 창사특집 대기획 〈최후의 제국〉. 이 작품
은 자본주의의 한계를 짚고 그 이후의 대안 경제를 모색하는
내용이다. 어둡고 재미없는 경제 이야기일 것 같지만 사실 꽤
흥미진진하다. 자본주의 틀 밖에서 살아가는 세계 곳곳의 다
양한 사람들이 나오는데 그중 남태평양에서 살고 있는 한 부
족의 이야기가 중심이다. 내용은 이러하다.

'아누타 섬에 살고 있는 주민들은 한정된 자원 때문에 전쟁을 벌였고 작은 섬에서 치고받고 싸우다 보니 너무 많은 사람들이 죽어나갔다. 뒤늦게서야 정신을 차린 사람들은 섬 안에서 공존할 수 있는 그들만의 룰을 만들었고 이제는 다 같이 협력하며 꽤 행복하게 살고 있다.'

〈최후의 제국〉은 아누타 섬 사람들이 살아가는 방식을 집중적으로 다뤘다. 이들이 지니고 있는 사랑, 협동, 공생 등을 모두 아우른 단어가 바로 '아로파*'다.

"우리 아누타 섬처럼 다 같이 버는데 수익은 똑같이 나누는 마을 하나 만들면 어떨까? 마을을 만들어서 그 안에서는 돈에 구애받지 않고 각자가 하고 싶은 일을 하는 거야!"

수익을 똑같이 나눈다. 그럼 공산주의? 이상하지만 낭만적인 이야기였다. 당시 방영되던 드라마 〈육룡이 나르샤〉의 한 장면이 떠올랐다. 삼봉 정도전 역을 맡은 배우 김명민은 토

---

* 하와이로 넘어가서 아예 인사말이 됐다. 알로하~

지 분배를 논하며 "정치란 어떻게 걷어서 어떻게 나누냐는 것이다!"라고 일갈하고 토지 문서를 다 태워버린다. 구체적인건 잘 모르겠지만 왠지 큰일을 꾸미는 느낌이 들고, 하면 또할 수 있을 것 같은 느낌적 느낌이 들었다. 우리는(특히 곧 퇴사를 앞둔 내가) 혁명가라도 된 양 흥분했다. '그게 가능해?', '그걸 어떻게 하겠어?' 같은 말은 나오지 않았다. 우리의 머릿속은 행복한 상상으로 가득했다. 직장인들끼리 돈을 모아 우리들만의 마을을 건설한다는 것으로 술자리 안주는 끝이었다. 어둠의 기운을 걷어내고 다시 신나게 떠들었다. 이미 무인도라도 하나 마련한 사람들처럼. 앞에 놓인 건 먹다 남은 치킨과 맥주뿐이었지만, 한참이나 각자의 유토피아에 대해 이야기했고 더 많은 술을 마셨다. 술자리에서 나온 이야기가 다그렇듯 다음 날이 되자 모두 얌전히 각자의 일터로 되돌아갔다만.

곧 나는 퇴사를 했고 자연스럽게 아로파 이야기는 점점 잊혀졌다. 새로운 생활에 적응하려던 찰나, 대한민국 백수가 가질 수 있는 막막함이 서서히 엄습하려던 찰나, 다시 그날의 아로파가 등장한 것이다.

"너까지 합류하면 7명 정도 모여! 일단 한번 나와서 사람들 만나봐. 어차피 절반은 네가 아는 사람들이야."

그렇게 농담처럼 시작한 일이 현실이 되어버렸다.

을지로3가

　약속 장소는 을지로3가역 근처에 있는 카페였다. 을지로3가? 그런 곳이 있었나. 이름 자체가 너무 생소했다. 그래도 가보면 어딘지 알겠지 싶었는데 지하철역을 나오니 더 생소했다. 큰길에 그 흔한 카페 하나 없고 화장실 변기, 세면대 같은 걸 파는 집이 잔뜩 늘어져 있었다. 가끔 조명이나 간판, 아크릴 가게들도 나왔는데 업종도 별로 익숙하지 않은 데다, 그런 가게들이 줄줄이 이어져 있는 모습은 서울 도심 큰길가의 풍경치고는 너무 낯설었다. 저녁 시간인데 길을 오가는 사람도 거의 없었다. 한적하고 조용했다. 한 골목으로 접어드니 역시 이상한 곳에 카페가 있었는데, 커피를 한약처럼 정성껏 내려준다는 콘셉트의 레트로 카페였다. 멋지다고 생각했다. 이

상한 모임을 하는데, 이 정도 이상한 곳에서는 모여야지 하는
생각도 들었다.

"안녕하세요. 같이 스터디하던 이현우라고 합니다."

나를 포함해 5명의 남자들이 모여 어색한 자기소개를 하
는데, 막상 가장 오랫동안 부대끼며 스터디를 해온 현수 형과
호석이는 자리에 없었다. 그들은 야근 중이란다. (둘은 광고 회
사에 들어갔다) 강산이 형은 가끔 술이나 먹었지 그렇게 가까
운 사이는 아니었고, 나머지는 전부 모르는 사람이었다. 아는
얼굴이 없으니 허전했다. 다행히 나보다 붙임성이 좋은 형들
이었다. 세환이 형은 강산이 형이 오래전에 여행을 하다 만난
형님인데, 스페인 리세우 왕립음악원에서 한국인 최초로 플
라멩코 기타를 배운 음악인이다. 장발의 머리를 묶어 올린 이
형은 외양부터 범상치 않았다. 기타뿐만 아니라 커피면 커피,
술이면 술, 웬만한 분야에 통달한 형은 나로서는 쉽게 만나보
기 힘든 기인이자 장인이자 예술가. 아무튼 어떤 수식어를 붙
여도 다 표현할 수 없는 사람이다. 주현이 형과 주영이 형은
회사를 다니면서 자기 사업을 꿈꾸고 있는 예비 사업가들이

다. 이들은 아직 국내에서는 익숙하지 않은 시샤(물 담배)를 제작해 유통하는 일을 시도 중이라고 했다. 역시 나로서는 상상도 잘 되지 않는 야망을 품은 사람들이었다.

　모임의 계획은 이러했다. 을지로 철공소 골목에 봐둔 자리가 있는데 거기에 드립 커피 전문점을 차린다. 그 골목 안엔 수십 년 된 노포들이 잔뜩 있는데 섹시한 커피집이 하나도 없기 때문에 열기만 하면 대박. 이후 그곳을 발판 삼아 주변의 비어 있는 공간들을 하나둘 계약하고, 우리 같은 청년 사업자들에게 재임대를 해주는 사업을 펼친다는 계획이었다. 세환이 형이 노트에 연필로 쓱쓱 메모를 하며 사업 설명을 했고, 이대로 가면 시가 총액이 몇백억이라는 말이 오가기도 했다. 사람들은 연신 진지한 얼굴로 고개를 끄덕였는데 순간 내가 신종 사기 투자 설명회장 한가운데 있는 게 아닌가 하는 착각이 들었다.

　그러니까 〈최후의 제국〉에 나오는 부족들처럼 행복하게 살려면, 1) 우선 팍팍한 자본주의의 영향을 가능한 덜 받는 우리만의 마을을 만들어야 하는데 2) 그러려면 일단은 돈을 벌어야 되고 3) 이왕이면 빨리 그리고 많이 벌 수 있는 소위 캐시 카우 매장이 있어야 하는데 4) 그게 을지로에 차릴 드립 커피 전문점이다. 한마디로 줄이면 카페 창업. 하지만 그렇게 단어 몇 개로 단순화하기엔 조직의 꿈과 희망이 컸다. 이 희망찬 조직의 이름은 '청년아로파'였다.

설명이 끝나고 사람들이 찾아놓은 장소를 보여주겠다고 해 함께 길을 나섰다. 그리고는 가로등 하나 없는 골목길을 마구 헤집고 다녔는데, 냉면집도 나왔다가 갈빗집도 나왔다가 갑자기 금속 동판집이랑 유리 가게도 나왔다. (이곳이 바로 최근 재개발 이슈가 있었던 을지로 공구 거리다) 어떤 골목 끝엔 웬 수세식 변기가 하나 덩그러니 놓여 있기도 했다. 무슨 뒤샹*도 아니고…. 그야말로 신세계였다. 처음 만난 형들과 시시한 농담을 나누며 골목길을 거니는데 아주 조금 설렜다. 사업은 잘 모르겠지만 이제 막 만난 사람들과 이런 미지의 세계를 걷고 있는 것이 기분 좋았다.

* 변기도 예술로 끌어올린 미술가.

　모임이 끝나고 다시 을지로3가역으로 내려가는데 앞에 가던 강산이 형이 불쑥 돌아보며, "현우야, 사람들 너무 좋지 않아?"라고 했다. 형이 너무 기분 좋게 웃고 있어서 나도 모르게 고개를 끄덕이긴 했지만 사실 너무 좋은지는 아직 모르겠고 스터디의 연장으로 생각하기로 했다. 창업은 말도 안 되고 여행이라고 하기엔 너무 낭만적인 것 같고, 나한테 제일 익숙하고 편한 스터디! 그래, 이건 일종의 스터디다. 을지로라는 동네도 배우고 커피도 이참에 배울 수 있을 것 같고 새로운 사람들도 좀 배우고. 이 모임의 개념을 정의한 나는 갑자기 마음이 편해져 강산이 형에게 다음 주에도 또 보자고, 이번엔 진짜 미소를 지으며 말해버렸다. 그렇게 청년아로파의 일원이 됐다.

임대 / 문의

낮에 본 을지로는 밤과는 사뭇 달랐다. 골목마다 연장을 쥔 사람들이 다양한 소리를 내며 일하고 있었고 그 사이를 삼발이 오토바이들이 꾸역꾸역 지나다녔다. 낮은 건물들이 옹기종기 모여 있는 모습이 정겨웠다. 4층 계단을 헐떡거리며 오르니 옥탑방이 나왔다. 숨을 고르기도 전에 함께 온 세환이 형이 여기가 주방이고, 테이블을 이쪽에 둘 거고… 한참 설명했다. 이백에이십. 보증금이 200만 원이고 월세가 20만 원이어서 아예 그렇게 이름 붙였다. 곧 멋진 드립 커피 전문점으로 바뀔 옥탑방은 바람이 불면 날아갈 것처럼 생겼지만 제법 운치가 있었다. (물론 가장 큰 매력은 가격이었다) 멋은 있는데 정말 여기가 캐시 카우 매장이 될 수 있을까? 커피 머신을 들고 땀을 뻘뻘 흘리며 계단을 오르는 내 모습을 상상하고 있는데 전화가 한 통 왔다.

"네? 안 하신다고요?"

건물주가 마음을 바꿨다. 젊은 사람들이 도대체 이 꼭대기에서 뭘 하려는 건지 미심쩍었던 주인아저씨는 전화로 이것저것 묻더니 결국 '그냥 내가 쓰는 게 나을 것 같아…' 하며 대화를 끝맺었다. 이미 손에 넣은 줄만 알았던 작은 보금자리가 전화 통화 한 방에 날아가고 만 것이다. 다들 아쉬워했지만 모인 지 이제 한 달이 조금 넘은 사람들이었다. '그래, 이런 곳에서 뭘 하겠어. 이 골목은 원래 재계약 이슈가 있대. 어쩐지 너무 빨랐어.' 하며 서로를 위로했다. 하지만 여전히 스터디 정도로 생각한 나는 오히려 다행이라고 생각했다. 시작한 지 한 달 만에 계약을 하는 건 너무 급했다.

다시 매일같이 을지로 골목길을 돌며 '임대 문의'를 찾았다. 사람의 뇌는 무척이나 신기해서 무언가에 꽂히면 한동안은 자신이 보고 싶은 것만 보인다. 2016년 3월의 내 뇌는 임대 문의에 꽂혀 있었다. 사람들은 자리를 내놓을 때 부동산에 맡기기도 하지만 문에 직접 내용을 써서 붙이기도 한다.

임대 문의 / 20평 / 보증금 ○○○○만 원 / 월세 □□만 원 / 연락처 010-△△△△-△△△△

　세상에 자리를 내놓은 곳이 이렇게 많을 줄이야. 서울은 공실의 도시였다. 다니는 곳곳마다 자리가 비었음을 알리는 표식이 다양한 방식으로 붙어 있었다. 나는 숲에서 보물찾기를 하는 학생들처럼 임대 문의를 찾아 이곳저곳을 누볐다. 그러다 좀 다녔다 싶으면 카페나 술집에 들어가 찍어둔 사진을 보며 실제로 임대를 문의했다. 스터디치고는 꽤 몸을 많이 쓰긴 했지만 재미있었다. 든든한 을지로 선생님인 세환이 형이 있었고 함께 돌아다니면서 을지로를 알아가는 재미가 쏠쏠했다. 뭐, 이러다 진짜 스터디로 끝날 수 있겠지만 대부분 직장에 다니고 있었고 나 역시 드라마 작가라는 원대한 꿈이 있으니, 이 정도로만 발을 걸치다 운이 트여 정말 카페 개업을 하게 되면 그땐 거기서 커피를 팔면서 글을 쓰면 되겠군. 내가 우리 프로젝트를 바라보는 온도는 딱 이 정도였다. 다행히 온

도가 더 뜨거운 사람들도 있어 제법 조직의 모양새가 갖춰졌다. 일을 기획하고 총괄하는 일(임대 문의), 돈을 관리하는 회계팀(계좌를 하나 팠지만 돈도 없고 일도 없고), 법무나 행정을 담당하는 일, 홍보 마케팅팀(블로그 개설) 등으로 업무 분장도 했다. 각자 속이야 다 달랐겠지만 그래도 따뜻하고 정이 많았다. 만나서 밥이라도 먹으면 형들이 앞다투어 낸다고 하고 늦으면 늦었다고 또 술을 샀다. 이렇게 알아서 움직이고 표현하니 굳이 패널티 같은 걸 만들 필요도 없었다. 그날그날 좋은 대로 가는, 이상적인 모임이 됐다. 백수인 내 입장에서도 사람 좋고 자유로운 이 모임이 좋았다. (밥과 술을 얻어먹어서가 절대 아니다) 퇴사를 하고 가장 어려웠던 건 같이 하루를 보내며 일어나는 각종 희로애락을 공유할 사람이 없어졌다는 점이었는데, 아로파가 생긴 덕분에 위안이 됐다. 모이면 자기 얘기, 옛날 얘기, 앞으로 하고 싶은 것들에 대한 얘기 등 참 많은 이야기를 공유했다. 발만 슬쩍 걸치려던 나도 점점 정이 붙었다.

건물주는 / 처음입니다만

1. 청춘1번지

이름부터 범상치 않은 이곳은 전형적인 대학교 앞 호프집이었다. 단돈 만 원이면 안주를 세 개나 고를 수 있고, 앉으면 왠지 맥주 3000cc부터 시켜야 할 것 같은 그런 곳. 당장이라도 학생들이 몰려와 술자리 게임을 할 것만 같았다. 마침 주말이었고 거의 모든 멤버들이 모였다. 사실 외관부터 찾고 있던 장소(역세권이면서도 골목 안에 있어서 가격은 싼데 운치는 있는 곳. 욕심도 많다)는 아니었다. 하지만 돌아다닌 것에 비해 워낙 수확이 없는 날이었다. 문 앞에 임대 문의를 보고 잠시 망설였지만 구경이나 해보자는 마음으로 가게에 들어갔다. 생각보다 내부가 넓었다. 들어온 김에 맥주나 먹자면서 자연스럽게 술을 주문했다. 기회를 엿보던 우리는 넉살 좋게 말을 붙였다.

나　　사장님, 여기 가게 내놓으신 거예요?

사장님　아, 네. 아래 붙여놓은 거 보고 오셨어요?

　서로의 정체를 파악한 사장님과 우리는 아예 앉아서 이야기를 시작했다. 사연인즉, 청춘1번지 옆에는 사장님의 부모님이 운영하는 더 유서 깊은 호프집인 나폴레옹이 있다. 그런데 주로 주방 일을 보는 어머님이 어깨와 무릎 통증으로 더 이상 일을 안 하시려 한다. 그래서 아들 부부가 나폴레옹을 맡고 청춘1번지는 아깝지만 다른 사람에게 넘기겠다는 것. "여기는 시험 기간만 잠깐 비수기야. 근데 시험 끝나면 또 바로 축제잖아." 이곳에서만 10년 넘게 장사하셨다는 나폴레옹 사장님, 그러니까 청춘1번지 사장님의 아버님은 세월만큼이나 능수능란했다. 갑작스레 온 가족을 만나게 된 우리는 정신을 가다듬고 다시 오기로 했다. 곧바로 회의에 들어갔다. 드립 커피를 내리려던 우리가 갑자기 소주와 맥주를 팔다니. 하지만 다시 생각해보자. 여기는 일단 시작하면 바로 돈을 벌 수 있다.

그 돈으로 인테리어를 바꾸든 아니면 새로 더 멋진 공간을 찾으면 된다. 이런 얘기가 오갔다. 맨날 자리만 보고 다니다 무엇이든 당장 시작할 수 있는 기회가 눈앞에 있다는 사실에 멤버들은 흥분했고 나는 다른 이유로 가슴이 뛰었다. 아니, 갑자기 웬 호프집이야…. 물론 결국엔 브랜딩을 한다는 큰 그림이 있었지만 기약 없는 일이었다. 당장은 콘치즈를 만들고 황도를 따고 있는 내 모습이 그려졌다. '나는 고상하게 커피를 내리며 글을 쓸 생각이었지, 새벽까지 맥주를 따르며 대학생들이 토한 걸 치우는 일은 별로 하고 싶지 않습니다.' 흥분한 사람들을 앞에 두고 차마 이런 말을 뱉을 순 없었다. '우리 브랜드를 만드는 줄 알았는데 굳이 권리금까지 내면서 여길 인수해야 해?'라고 따져 묻기에도 용기가 부족했다.

　　일주일의 논의 끝에 계약을 하기로 했다. 드디어 대망의 계약일. 서글서글한 인상이 좋은 청춘1번지 사장님이 건물주가 있는 곳으로 우리를 안내했다. 건물주는 공인 중개사 일을 하고 있는 나이 지긋한 할머니였다. 이 지역에만 건물을 여러 채 가지고 있다고 했다. 돋보기를 쓰고 계약서를 꼼꼼히 살펴보던 건물주 할머니는 우리를 더 꼼꼼히 살폈다. 화장을 진하

게 한 눈매가 매서웠다. 월세를 올리는 게 맞는데 사장님 얼굴
봐서 일단은 그냥 가는 거라는 말을 수시로 했다. 계약은 처음
이었지만 우리도 그렇게 어수룩하진 않았다. 조심스럽게 이
것저것 물었다.

"저희가 나중에 리모델링을 하고 싶은데요."
"근데 여기 건물은 얼마나 됐어요?"
"화장실 수압이 조금 약하던데…."

점점 표정이 어두워지던 건물주 할머니는 화장실 수압 애
기에서 갑자기 돋보기를 벗었다.

"아니, 듣자 하니까. 계약을 하기로 했으면 그냥 하는 거지.
젊은 사람들이 뭐가 이렇게 말이 많아? 이렇게 할 거면 나 계
약 안 해. 내가 나폴레옹 사장님 봐서 하려고 했는데 계약 안
해. 됐으니까 다 나가!!"

건물주 할머니는 막장 드라마의 주인공이라도 된 듯 자리
에서 벌떡 일어나 우리 일행을 모두 내쫓았다. 중간에서 어쩔

줄 몰라 하는 사장님도 함께. 정말 순식간에 일어난 일이었다. 우리는 몰래카메라를 당한 사람처럼 어이없는 웃음을 터뜨렸다. 이날 태어나서 처음 건물주를 봤다. 신기한 마음에 추석에 할머니를 찾은 손자처럼 보기 좋은 미소를 머금고 있었건만. 건물주는 내가 아는 그런 할머니가 아니었다. 그저 먹이 사슬의 최상위에 있는 맹수이자 슈퍼 갑일 뿐이었다. 폭풍이 지나가고 맥이 빠진 을들은 마찬가지 상태인 또 다른 을, 청춘 1번지 사장님과 편의점 테이블에 마주 앉아 음료수를 마셨다.

 이 황당한 사건을 자리에 없는 다른 멤버들에게 전달했다. 잠깐의 회의 끝에 계약을 하지 않기로 했다. 건물주의 마음을 돌린들 제대로 장사나 할 수 있겠냐는 것이 공통된 의견이었다. 그날 꿈을 꿨는데 건물주 할머니가 나왔다. 할머니는 이상하리만큼 친절했고 어떤 술집에서 사람들과 차를 마시고 있었다. 자세히 보니 그 사람들은 멤버들이었다. 할머니가 자꾸 나를 하인처럼 부려 먹는데 한마디도 할 수 없었다. 멤버들은 왜 아무도 날 구해주지 않는 거지? 의아해하며 정체 모를 술안주를 만들고 술집 안을 뛰어다녔다. 하필 처음 만난 건물주가 이렇게나 무서웠다.

2. S bar

"한국엔 샷 바가 별로 없거든요. 그런데 옆에 호텔이 막 생겼더라고요. 외국인들은 이런 식의 바가 익숙해요."

대학로에서 연극을 한다는 사장님은 밤낮으로 일한 탓인지 낯빛이 좀 어두운 편이었다. "여기 인테리어 제가 다 한 건데, 이쪽 조명은 얼마 들었고요. 이쪽은 새로 칠한 거예요. 신경 많이 썼어요." 사장님은 돈 얘기를 많이 했다. 가게는 확실히 새로 단장한 느낌이 있긴 했는데, 솔직히 하나도 안 예뻤다. 규모도 10석 정도여서 멤버들만 앉아도 가게가 가득 찰 것 같았다. 이런 곳을 굳이 급하게 인수해야 되나? 이번에도 별로 내키지가 않는데. 멤버 중 한 명이 "괜찮지 않아?"라고 말한 것을 시작으로 온갖 긍정적인 이야기가 쏟아졌다. 규모는 작지만 나름 아기자기한 맛이 있다, 이 가격에 대로변에 있는 곳은 찾기 힘들다, 우선 작게라도 일단 시작해야지 너무 오래 끌지 않았냐, 가게 안에 있는 집기는 물론 선반에 남아 있는 위스키들까지 모두 넘기겠다는데 나쁘지 않지 않냐. (지금 생각하면 우스운 얘기지만 당시엔 나도 조금 솔깃했다) 마음은 아직 거부하는데 얇은 귀가 또 흔들렸다. 나도 참 못 말린다….

"제가 들어올 때 1,000만 원 넘게 주고 왔거든요…." 사장님은 시설비를 요구했다. 계산을 하다 보니 오히려 먼젓번 계약 때보다 조금 더 많은 돈이 필요해졌다. 흥정을 해보기로 했다. 권리금 1,500만 원을 시작으로 목표치 1,000만 원 이하로 깎아보려고 문자를 주고받는데 손에 땀이 났다. 중고나라에서 가방을 파느라 2~3만 원 정도 밀당한 적은 있어도 권리금 흥정은 처음이었다. 하지만 나도 그날만큼은 흔들림 없이 원하는 가격을 밀어붙였고 "저희랑 가격이 안 맞으면 그냥 연락이 왔다는 다른 분들이랑 하시죠." 하는 여유까지 보였는데, 그건 정말로 내가 S bar를 별로 인수하고 싶지 않았기 때문이다. 그래서 그다지 간이 크지 않은 내가 마치 거래를 리드하는 것처럼 진행할 수 있었다. 결국 S bar는 무너졌고 나는 거래를 성사시켰다. 소식을 들은 멤버들은 환호했다. 결국 (또) 계약을 하기로 했다. 한 번 해봤던 일이라 진행이 빨랐다. 날을 잡고 우리, 세입자(S bar), 건물주를 한자리에 모으려 했는데 S bar 사장님이 삼자대면을 원하지 않았다. 인수하는 것이기 때문에 서류 작업만 해서 넘겨도 된다는 것이다. 그래도 임차인이 바뀌는데 건물주 얼굴 한번 안 볼 수 있나. 거듭 만남을 요구했고 계약 당일 S bar에서 만나기로 했다. 어째 전보다 더 초조해 보이는 S bar 사장님이 물을 마시려던 찰나, 눈매가 부리부리한 아주머니 한 분이 문을 박차며 가게로 들어왔다. 건물주였다.

　"오, 안녕하세요. 제가 좀 늦었네요. 그런데 말이에요…."

　드라마에서 흔히 볼 수 있는 청담동 사모님 느낌의 중년 여성은 아주 세련되게 보였고 말투도 고상했다. 하지만 역시 눈매가 무서웠고, 말도 아주 많고 빨랐다. "여기는 사람이 또 바뀌는 거예요? 미용실이었는데 금방 나가고. 근데 어쩜 한 번을 못 봤어. 사람 바뀌고." 우리를 가운데 둔 둘 사이에 냉랭한 기운이 흘렀다. 그리고 곧, 청천벽력 같은 소리가 나왔다. "이거 우리 아버지가 가지고 있던 거, 이제 내가 완전히 넘겨받을 건데 건물이 너무 오래되고 별로야. 그래서 조만간 아예 부수고 새로 올리려고 생각 중이에요." 건물을 다시 짓는다니. 당황스러움을 감추지 못하는 우리 앞에서 S bar 사장님의 얼굴이 점점 일그러졌다.

　"아무튼 그런 줄 아세요."

건물주는 더 이상 별다른 설명 없이 오랜만에 찾은 자신의 작은 공간을 여기저기 둘러본 뒤 유유히 사라졌다.

"괜히 하는 소리예요. 여기는 건물이 워낙 커서 함부로 부술 수가 없는데…."

사색이 된 S bar 사장님은 황급히 여러 말을 했지만 자신 감이 없어 보였다. 우리가 그를 위로해야 할 판이었다. 우리는 문에서 나오자마자 건물 계단에서 수군거렸다.

"야야, 우리 똥 밟을 뻔했다."

건물주가 직접 본인의 입으로 곧 재개발을 할지도 모른다고 공언한 상태에서 계약을 할 바보는 없다. 아, 이런 것도 일종의 건물주 갑질인가. 건물을 부수고 새로 올리겠다는 자신의 향후 계획을 밝힘으로써 양측의 인생 계획을 바꿨다. 사모님에게 이 건물은 어쩌면 어린 시절 만들고 부수던 레고 같은 것이었을지도 모른다. 사장님에게 전화를 걸어 죄송하지만 계약을 못 할 것 같다고 말하는데, 마음이 짠했다. 사장님이 너무 힘없이 그리고 아무런 저항 없이 알겠다고 하는 바람에 한 번 더 마음이 울컥했다. 우리도 우리지만 이 형도 참 큰일이네. 우리는 그래도 여럿이서 몰려다니니 서로 위로라도 하는데 저 형은 누가 위로해준담. 내 코가 석 자인 줄도 모르고 아주 잠깐 남 생각을 했다. 낯빛이 어둡던 S bar 형은 어디서 뭘 하고 있을까. 건물이 정말로 재개발될지 너무 궁금해서 가끔 충무로에 갈 때마다 S bar 건물을 봤다. 아직도 그대로다. 하지만 S bar는 얼마 지나지 않아 없어졌고 그 자리에 또 다른 술집이 들어섰다. 그 집은 여전히 같은 업종으로 장사 중이다.

세 갈래 길이 / 있었습니다

'에이, 떨어졌네.'

쩝-하고 입맛을 다시며 컴퓨터를 껐다. 얼마 전 몇 군데 회사에 원서를 넣었다. 그중 최종 면접을 본 곳이 있었는데 불합격 통보를 받았다. 그러니까 난 아로파, 재취업 활동, 공모전 준비까지 세 가지 주머니를 차고 있었던 것이다. 예전부터 한 가지에 올인하지 못했다. 욕심이기도 하고 자신감이 없는 탓이기도 했다. 피디를 준비할 때도 예능 피디면 예능 피디, 교양 피디면 교양 피디 어느 것 하나에 집중하지 못하고 죄다 마음을 뒀다. 한길만 진득하게 파는 친구들은 이런 나를 손가락질하기도 했다.

친구　　너 진짜 기자 필기도 보고 온 거야?

나　　　응. 서류 됐으니까 일단 봤지.

친구　　이 소름 돋는 놈. 자소서를 피디에서 기자로 바꾼 것부터
　　　　가 소름이다.

　　아직 나를 잘 모르는구만⋯. 작년엔 현대차*도 지원했다.
취업하는데 지조까지 지킬 필요가 있나. 하지만 가끔은 그런
사람들이 부럽긴 했다. 자기가 원하는 걸 얻기 위해 모든 걸
쏟아붓는 사람들.

　　봄이 찾아오면서 마음이 싱숭생숭해졌다. 나만 그런 건 아
니었다. 두 번의 계약이 무산된 이후, 실제로 다들 조금 맥이
빠졌다. 그럴만했다. 이제 좀 시작하나 보다 잘해보자 파이팅!
하고 헤어진 다음 날 아침 계약서를 들고 모였는데 10분 만에
파투. 이런 일을 몇 번 겪으니 마가 낀 것 같은 느낌이 안 들 수
없었다. 내색하진 않았지만 당시 우리들 마음속엔 풀이나 꽃
대신 작은 불안이 자라나고 있었으리라. 이러다 끝나는 거 아

＊　　현대자동차가 차 안에 들어 있는 다양한 자동차 부품처럼 다양한 경험을
　　한 인재를 중시한다는 소문이 있어 지원했다. 서류에서 탈락했다.

냐? 그럼 그렇지. 이렇게 많은 사람들이 모여서 무슨 사업을 해. 어디서든 흔히 피어날 수 있는 부정의 기운들. 중심이 됐던 세환이 형의 발길이 뜸해진 것도 이때쯤이었다. 공연과 음악 작업을 하는 형의 입장에서 봄은 성수기다. 형은 다시 본업에 충실하기 시작했다. 아, 나도 빨리 글을 써야 하는데⋯. 재취업은 아무래도 물 건너간 것 같고, 보통 여름이나 가을에 몰려 있는 공모전에 뭐라도 내려면 이제부터는 정말 분발해야 했다. 이놈의 임대 문의 프로젝트는 앞으로 어떻게 되는지. 아로파의 끈도 놓고 싶진 않아서 노트북을 들고 을지로 카페에 앉아 글을 썼다. 상당히 이중적인 감정으로 하루하루를 보냈는데 대본이 잘 써지고 잘 풀리면 '그래, 역시 난 드라마인이야. 드라마 작가 하려고 나왔잖아.' 이랬다가 대본 작업이 신통치 않으면 '나에겐 아로파가 있다. 일단 카페 사장이 되는 거야. 가게를 운영하면서 글을 쓰는 사람이 되자. 무라카미 하루키도 원래 바에서 일했다.' 이러고 있었다.

혼자 카페에 앉아 있던 날이었다. 글은 안 써지고 갑자기 저장해놓은 옛날 사진들에 손이 갔다. 한 장 한 장 옛 추억에 잠겨 있는데 흐지부지하게 그만둔 모임들 사진이 눈에 밟혔

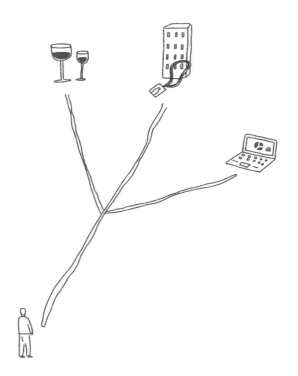

다. 녹음은 안 하고 수다만 떨다 끝난 팟캐스트 모임, 찍긴 찍었는데 너무 구려서 제출도 못하고 해산한 두시탈출 컬투쇼 UCC 공모전팀, 서로 안 맞아서 끝난 창업 모임 등 다양한 프로젝트 흑역사를 곱씹고 있는데 문득, 청년아로파도 결국 스쳐 지나가는 한때의 추억으로 남는 것이 아닌가 하는 생각이 들었다. 몇 년이 지난 뒤 허름한 술집에 모여 '그래, 그때 참 재밌었는데… 임대 문의 참 많이 했었지….' 하는 상상까지 해보니 소름이 돋았다.

이번 한 번만은 나도 올인을 해볼까. 내 가게에 앉아 글을 쓰는 로망까지는 모르겠고, 대박 난 가게 사장님 같은 건 더 상상 안 되지만, 서른이고 퇴사도 했고 인도도 다녀왔는데 재지 말고 선택이란 걸 좀 해보면 어떨까. 결국 이 프로젝트가 모두 물거품이 될지라도 미련 없는 한 해를 만들어보자. 이런 마음을 먹으면서도 쫄딱 망해서 돈도 잃고 친구도 잃고 을지로 거지가 되어 있는 내 모습이 떠올라 겁이 났지만, 그보단 평생을 이도 저도 아니다 아무것도 아닌 모습으로 늙을지도 모를 내가 더 두려웠다. 그날 이후, 나는 쓰고 있던 드라마 대본을 모두 내려놓고 가게 만드는 일에 집중하기로 마음먹었다.

1,000만 원

　　우리 집은 어렵지도 그렇다고 부유하다고 말하기도 힘든, 평범한 가정이었다. 어린 시절 부모님은 자식들에게 큰 재산을 물려주긴 힘들겠다고 판단했는지 철저한 경제관념을 물려주기로 하셨고, 그 시작은 아직 지갑도 없던 나와 동생에게 각자의 명의로 된 통장을 직접 만들게 하는 일이었다. 초등학교 3학년 때였나, 은행에 가서 도장을 내밀고 통장을 개설하려는 어리바리한 나를 보며 웃던 창구 직원의 얼굴이 지금도 눈에 선하다. 통장을 만든 지 얼마 안 됐을 때였다. 학교 체육복을 사야 돼서 엄마한테 2만 원을 받았는데 어디에 흘렸는지 만 원짜리 두 장을 잃어버리고 말았다. 전쟁에서 패한 장수보다 더 우울한 얼굴로 집에 돌아와서 그보다 더 울상이 되도록 부모님에게 혼이 났다. 당시 엄마는 부업으로 '빨간펜 선생님'을 하고 있었다. 학생들이 학습지를 풀어서 빨간펜 선생님에게 보내면, 그걸 받아서 채점하고 꼼꼼하게 해설을 적어 돌려보내는 신개념 시스템이었다. 학습지 채점비가 장당 1,000원인데 2만 원이면 엄마가 20장을 풀어야 한다는 아빠의 논리적인 잔소리를 저녁 내내 들었다.

그래서인지 난 상당히 검소한 사람으로 성장했다. 단순히 내 지갑에서 나가는 돈뿐만 아니라 모든 종류의 금액을 아꼈다. 드라마 피디였을 때 접이식 카트를 주문한 적이 있었다. "어? 근데 이건 뚜껑이 없네? 전에 쓰던 건 다 뚜껑이 있었는데." 물건을 받고 의아해하는 조연출 선배에게 "그거 내부에서만 쓸 거 아니에요? 뚜껑 추가하면 5,000원 더 비싸서 추가 안 했는데." 하고 되바라지게 받았다. 다행히 나를 아는 선배는 "대단해. 현우는 참 잘살 거야."라며 훈훈하게 마무리됐다. 이 구질구질한 성향은 추후 가게를 오픈하고 어렵던 시절 큰 장점으로 발휘된 반면(쿨하고 손 큰 멤버들에게 잔소리를 듣기도 했지만) 공간 계약 전 목돈을 걸는 타이밍에선 걸림돌이 됐다. 솔직히 큰돈을 내기가 좀 아까웠다.

충무로 어느 시원한 정자에 앉아 허심탄회하게 돈 이야기를 했다. 결혼을 앞둔 멤버도 있고 막 회사 생활을 시작한 사람도 있었다. 돌아가며 자금 사정을 밝히는데, 목돈이라는 과제 앞에서 각자의 어려움이 있었다. 나는 딱히 명분은 없지만 원체 늘 어려운 사람인데···. 그래도 운영을 맡을 사람으로서 최소 출자금인 100만 원만 내기는 뭐하고, 얼마를 내면 좋을지 고민하는데 갑자기 강산이 형이 프로젝트를 처음 제안한 사람으로서 1,000만 원을 내겠다고 했다. 그렇게 쉽게? 가게를 메인으로 운영하게 될 세환이 형도 덩달아 1,000만 원을 낸다고 했다. 자연스럽게 다음 시선이 나에게 쏠렸다. 특별히 강요하는 사람은 없었지만 나를 바라보는 모두의 시선 속에는 "너도 1,000만 원 있지?"라는 무언의 압박이 들어 있는 것만 같았다. 있긴 있지···. 많지 않은 월급이었지만 돈을 쓸 시간은 더 많지 않았던 회사에 다녔던 터라 모아둔 돈이 있었다. 거기에 퇴직금과 현장에서 당한 교통사고에 대한 보상금까지, 그야말로 피와 땀으로 번 돈이었다. 있긴 있는데, 쿨하게 '그럼요. 1,000만 원 정도야 낼 수 있지.'라고 하기는 어려운 아주 뜨뜻한 그런 돈.

하지만 이런 상황에서 뒤로 빠지는 못하는 성격이었다. 게다가 앞서 두 사람이 거액을 내기로 결정했다. 고민을 이어가기는 너무 구차해 보였다. 결국 몇 초의 망설임도 없이 쿨한 척 1,000만 원을 내기로 결정해버렸다. 지갑에서 만 원짜리도 잘 안 꺼내는 내가 어디서 용기를 꺼냈는지. 공동 계좌에 1,000만 원을 덜컥 넣자 신기하게도 마음가짐이 달라졌다. 더이상 이 모임을 스터디로 여길 수 없었다. 누가 스터디를 하면서 1,000만 원을 낸단 말인가. 피 같은 내 돈 1,000만 원이 들어갔다. 숟가락만 꽂고 있던 재미난 스터디는 진짜 사업이 됐다. 어떻게든 돈을 벌고 회수도 하고 다 해야 된다. 불현듯 말로만 듣던 오너십이 떠올랐다. 아, 이런 게 바로 오너십인가. 돌이켜보면 흐름이 자연스럽진 않다. 남들이 "너는 거기에 얼마를 냈다고?" 물으면 "음, 그러니까 1,000만 원을 냈는데… 왜냐면 오너십이란 게 있어…." 매끄럽게 설명되지 않았다. 지금도 당시의 복잡한 감정을 그대로 다 전달하기는 쉽지 않다. 분명히 주먹구구식인 면이 있었다. 프로젝트를 처음 제안했다고 해서 1,000만 원을 내고, 사장이라는 직함을 맡았으니 오너십을 갖기 위해 1,000만 원을 낸다? 이상하다. 어떤 사람들은 미리 룰을 갖추고 모두가 동일한 출자금을 냈으면 더 낫지 않았겠냐고 묻는다. 그것 또한 방법이다. 공정해 보이고 무엇보다 내 마음이 한결 편했겠지. 하지만 공동 프로젝트를 진행하면서, 모든 사람이 똑같은 책임을 가질 수 있도록 똑같이 부담하는 것이 정말 좋은 방법인지는 지금도 의문이다.

"와! 정말 신뢰로 뭉친 집단이네요?"

어느 다큐멘터리에 우리 이야기를 담기 위해 취재를 온 분에게 돈과 관련된 이야기를 해드렸더니 이렇게 말했다. 신뢰라…. 우리는 정말 서로를 향한 끈끈한 믿음으로 굴러가는 단체인가. 이 역시 의문이 들지만 되짚어 보면 확실한 두 가지가 떠오른다. 하나는 썰물처럼 1,000만 원이 빠져나간 통장 잔고가 꽤 허전했다는 것, 또 하나는 장사가 쫄딱 망하고 돈을 다 까먹더라도 나를 둘러싸고 있는 이 사람들이 나 몰라라 하진 않을 것이라는 확신이었다.

법 없이도 살 / 사람들

멤버들은 다 참 좋은 사람들이다. 문제는 좋은 사람들과 함께 있으니 나도 좋은 사람이 되어야 한다는 것이다. 그건 정말 어려운 일이었다. 나는 속 좁고 이기적이고 지갑에서 만원도 꺼내기 싫어하는 좀팽이인데 그릇이 큰 사람들을 좇아가며 좋은 사람 흉내를 내려니 숨이 가빴다. 그래도 함께 가고 싶어 열심히 좋은 사람을 연기했다. 평화로운 나날이었다. 그야말로 법 없이도 살 사람들이 모였는데 피곤하게 규칙이 무슨 필요람. 채찍은 악당들에게나 필요한 것이다.

아쉽게도 행복한 시간은 오래가지 못했다. 계약이 몇 번 어그러지면서 다들 말수가 줄었다 느끼긴 했는데, 그게 우리 안에 있는 또 다른 본성을 끄집어낼 줄이야. 6~7명씩은 나오던 주말 회의 출석 인원이 점점 줄더니, 한번은 나를 포함해 3명이 나왔다. 그날 문래동에 있는 와인 바에서 모였는데 굳이 냉방을 안 한다는 다락방 같은 곳에 올라갔다가 땀만 줄줄 흘렸다. 가뜩이나 열이 받는데 더 열이 올랐다. 마침 모인 사람 전부가 동갑내기였다. 나만큼 좀팽이는 아니었지만 어딘가 비슷한 우리였다. 마음씨 좋은 형들과는 다른, 동족을 만난 셈이랄까. 사람이 적어 허전할 줄 알았는데 오히려 진행이 아주 빨랐고 좋았다. 개그맨 양세형이 말했다. 개그맨들끼리 아이디어 회의를 할 때 꼭 세 명이서 한다고. 개그맨들도 서로 웃음 코드가 조금씩 다르기 때문에 둘이 앉아 회의를 하면 서로 내가 웃기다, 너는 노잼이다, 그러다 보면 끝이 안 난다고 한다. 그래서 중간에 2대 1로 캐스팅 보트 역할을 하는 사람이 있어야 끝을 볼 수 있다고 하던데, 어쩐지.

우리 셋은 눈에 불을 켜고 다양한 룰을 만들었다. 아직까지 '좋은 사람 병'에 옮아 있던 터라 강력한 패널티를 만들진 못했다. 대신 회의에 가장 많이 나오는 사람에게 상을 주는 출석왕 제도를 만들었다. (출석왕 제도가 생기고 나서 몇몇은 열심히 출석 도장을 찍었지만 막상 왕을 뽑지 못한 채 역사 속으로 사라지게 된다) 지금 생각하면 너무 귀엽고 우스운 제도지만 이때 만들어진 몇 가지 제도들은 훗날 청년아로파 정관을 만드는 토대가 되었다. 그 밖에 일주일에 한 번은 카톡방에서 회의를 갖기로 한 수요 온라인 회의, 가벼운 결정은 카톡 투표로 하자는 온라인 투표제 도입 등 꽤 쓸만한 룰을 이날 다 만들었다. 이후 점점 더 다양한 룰이 만들어지더니 급기야 청년아로파 정관이 탄생했다. 법 없이도 살 사람들이 법과 제도를 만드는 건 쉽지 않은 데다 자꾸 벌칙과 벌금이 생기면 스스로를 옭아매고 자신을 부정하는 걸로 보기도 한다. 하지만 세상엔 워낙 다양한 사람들이 있고 그중엔 나처럼 안 좋은 사람도 있을 테니 모임이 점점 커지면 법과 제도, 결국 그게 있어야 된다.

다큐멘터리 〈최후의 제국〉에 등장하는 남태평양의 부족도 참 좋은 사람들이다. 순수한 그들에게 복잡한 법은 필요하지 않다. 대신 마을에서 가장 용맹하고 지혜로운 자, '빅맨'의 리드하에 살아간다. 빅맨은 마을에서 일어나는 거의 모든 것을 관장하지만 소유하진 않는다. 오히려 자신이 가진 것을 계속 주민들에게 내어놓는다. 수많은 사람들이 뒤엉켜 사는 도시에선 쉽지 않은 일이다. 게다가 자본주의가 자리 잡은 이곳 사람들은 그다지 순수하지 않다. 대안으로 사람들은 협동조합을 만들었다. 주식회사는 기업에 투자한 주주들이 주인인 반면 협동조합은 조합원 즉 노동자가 주인이 되는 구조다. 이탈리아 볼로냐는 협동조합이 가장 잘 발달한 도시 중 하나다. 경기가 안 좋아 휘청거리는 조합이나 실직한 조합원이 있으면 마치 빅맨이 주민들을 돌보는 것처럼 협동조합 연합회에서 자금을 지원한다. 볼로냐는 유럽에서도 손꼽히는 부유한 도시다. 좋은 사람, 좋은 조직은 대체 어떤 걸까? 마음씨 좋은 사람은 강력한 법과 제도를 만들기 쉽지 않다. 하지만 법과 제도는 필요하다. 그렇다면, 그럼에도 불구하고 법과 제도를 만들려는 사람이 진짜 좋은 사람인 건가? 어렵다, 어려워. 다행히 우리는 아직 300명이 모여 사는 부족도 아니었고, 수천수만이 엉켜 사는 도시를 만들지도 않았다. 10명이 채 되지 않았고 가끔은 3명이서 모이기도 했다. 한여름 악당들의 회의는 아주 시원하게 마무리됐다.

10%

"각자 월급의 10%를 월 회비로 내자."

정관을 만들기 전 우리가 지니고 있던 룰은 이거 하나였다. 한 달에 300만 원을 버는 사람은 30만 원을 내고 100만 원을 버는 사람은 10만 원을 내는 것이다. 그럼 백수는? 백수는 최소 회비 5만 원*을 내는 걸로 정했다. 함께하는 최소한의 마음가짐을 부여하기 위함이었다. 돈을 내면 다시 가져가는 돈도 있어야 한다. 상식대로라면 가장 많이 낸 사람이 가장 많이 가져가는 것이 맞겠지만 이익이 생기면 엔분의 일로 가져가기

* 2년 뒤 물가 상승 등 현실을 반영해 10만 원으로 변경됐다.

로 했다. 물론 일을 하는 사람은 따로 인건비를 책정해 받는다.

　　각자 받아들이는 마음은 달랐겠지만 나는 이 제도를 국가에서 걷는 일종의 세금이라고 생각했다. 세금을 납부할 때, 많이 버는 사람은 그렇지 않은 사람보다 더 많은 소득세를 낸다. 하지만 국가에서 제공하는 기본적인 서비스는 똑같다. 세금을 더 많이 냈다고 해서 도둑이 들었을 때 경찰이 두 명 더 온다던가, 구청에 등본을 떼러 가면 구청장이 나와서 "이번 분기 우리 동네에서 세금을 제일 많이 내신 분이시군요. 등본은 저랑 같이 안에서 뽑으시죠."라고 하진 않는다. 나에게 10% 룰은 이것과 크게 다르지 않았다. 이런 열린 마음은 당시 내가 월 회비를 많이 내는 입장이 아니었기 때문이었는지도 모른다. 만약에 매월 30~40만 원을 내야 하는 직장인 멤버였으면 이 모임에 합류했을까? 아마 더 오랜 시간 고민했을 것 같다.

　　이후에도 소득의 10%를 회비로 내는 문제는 자주 화제가 됐다. 손님들이 우리의 운영 방식을 알고 물을 때나 언론 인터뷰가 있을 때 늘 이 부분에 대한 질문을 집중적으로 받았다. 우리끼리도 많은 논의가 있었다. 수익이 발생한 이후에는 굳이 10% 회비를 유지할 필요가 있겠냐는 문제 제기도 있었다. 가타부타 논쟁이 있었지만 결국엔 현행을 유지하는 것으로 결론이 났다.

  그렇게 우리는 3년 가까이 똑같은 방식으로 '십분의일'을 이어오고 있다.

동료가 / 되어줄래?

　　나는 친척이 거의 없다. 부모님 세대치고는 아빠, 엄마 모두 형제가 워낙 없는 탓이다. 그래서 우리 집 명절은 조용하다. 가끔 촌수도 헤아리기 힘든 먼 친척 집에 놀러 가 또래 아이들을 본 적은 있었는데, 몇 년에 한 번 볼까 말까 한 그들을 가족으로 느끼긴 어려웠다. 명절이면 집에 앉아 귀경길에 갇힌 차를 보며 시골이 없어 다행이라고 되뇌곤 했지만, 어린 마음속엔 북적거리는 가족들의 틈바구니에서 밥도 먹고 고스톱도 치고 싶은 마음이 숨어 있었던 모양이다. 가끔 보는 먼 친척 또래들이 자기들끼리 즐겁게 노는 모습을 바라보고 있으면 슬며시 부러운 마음이 들기도 했으니까.

그래서일까. 나는 어딜 가든 사람 만나는 게 좋았다. 학교에서도 여럿이서 무리를 지어 놀았다. 이 일도 마찬가지였다. 흔히 나이 서른 넘어서 친구를 만드는 게 쉽지 않다고들 하는데 일을 하면서 친구 이상의 사람들을 만났다. 계약이 자꾸 무산되어 기운이 빠질 때쯤 청년아로파에 합류한 동일이와 현이 형도 그런 사람들이다. 건장한 체구에 까무잡잡한 피부를 가진 동일이는 겉보기에도 거칠게 생겼는데 말과 행동도 거친 편이다. 처음 봤을 땐 강산이 형이 어디서 충청도 깡패를 데려온 줄 알고 쉽게 말을 붙이지 못했다. 하지만 동일이는 가게에 일이 터지면 가장 먼저 달려오는 사람이었다. 현이 형은 미술학도다. 조용하고 말이 없는 사람이라 그림 그리는 것 말고는 뭘 같이할 수 있을까 싶었는데 예술가답게 섬세한 형은 내가 채우지 못한 부분을 챙겼다. 우악스럽게 달려갈 때가 많은 우리를 차분하게 이끄는 사람이기도 했다. 두 사람 모두 우리의 얘기를 듣고 가슴이 뛴다고 했다. 그들은 쳇바퀴같이 돌아가는 회사 생활에 더 이상 흥미를 갖지 못했다. 몇 달 전 처음 이 이야기를 나누던 우리들처럼 그들도 기분 좋은 설렘을 느꼈던 걸까. 처음 만난 자리에서 둘은 바로 멤버가 됐다.

물론 모든 사람들의 가슴이 뛴 건 아니다. 새로운 멤버 섭외를 위해 정말 많은 사람들을 만났다. 불러들였다고 하는 것이 더 정확한 표현이겠다. 당시 사람을 모으는 방식은 대강 이러했다. 우선 단톡방에 다수가 알만한 사람들을 던진다. 야, 너네 애 알지. 왜 옛날에 우리랑 잠깐 뭐 같이 했던. 그러면 사람들이 몇 마디를 보탠다. 오, 그 친구 괜찮을 거 같아. 요즘 뭐 하지? 얼마 벌어? 아, 걔 현대차 다니잖아. 그럼 1차 서류 통과. 그리고 상대에겐 자세한 정보는 주지 않고 좋은 사람들이 있으니 주말에 술이나 한잔 하자면서 부른다. 술이 몇 잔 돌면 거창한 비전과 지난 이야기들을 설명한다. 보통은 다 좋아한다. 본인의 회사 생활에 만족하는 사람들은 드물고 지쳐 있는 경우가 많기 때문이다. 분위기가 후끈해지면 본격적으로 돈 얘기를 꺼낸다. 그러니까 월급에서 10%를 내야 되는 거야. 언제인지는 모르지만 수익이 나면 엔빵할 거고. 근데 너 한 달에 얼마 번다고 했더라? 이 얘기가 나오면 대부분 그다음 모임에서 볼 수 없었다.

돌이켜보면 일종의 다단계 회사의 영입 방식…이라고 하기엔 너무 단순하고 거의 고등학교 일진과 비슷하다는 생각이 든다. 말도 안 되는 영입 제안에 현대차도 가고 삼성도 가고 엘지도 가버렸지만, 어설픈 진정성을 알아준 또래 친구들이 있어 조금씩 동료들을 모아갈 수 있었다. 월급의 10%라는 현실의 벽보다 더 높이 가슴이 뛰었던 그런 사람들.

만화 〈원피스〉를 보면 흰수염이라는 해적이 나온다.

해적은 해적답게 보물을 원해야 하는 법인데,

금은보화에 통 관심 없는 그를 보며 동료가 묻는다.

"너는 뭘 원하는데?"

그는 빙그레 웃으며 대답한다.

"가족."

〈원피스〉 비슷하게 동료들을 모으긴 했는데,

우리도 정말 가족이 될 수 있을까.

을지로에서 제일 / 이상하게 생긴 곳

살다 보면 말들을 접하게 된다. 간절히 원하면 이루어
진다, 임계점이라는 게 있어서 어느 순간 터진다. 사람의 노력
을 유도하는 멘트들. 이런 상투적인 말은 별로라고 생각했는
데 그래도 살다 보면 은근히 바라게 된다. 무언가 좀 터지기
를. 하지만 진심으로 원하기도 하고 쏟아붓기도 한 것 같은데,
뭔가를 확실하게 갖거나 터트린 적이 없으니 공감이 잘 안 된
다. 공간을 구한다고 6개월 동안 100군데쯤 보고 다닌 것 같
다. 결국 가장 큰 문제는 돈이었다. 돈이 없으니 자꾸 눈높이
를 낮춰야 했고 또 아무 데나 가기는 싫었고, 그렇게 시간만
속절없이 갔다.

을지로가 아닌 다른 동네도 가끔 다녔다. 가격이 괜찮다는 곳은 죄다 가봤는데, 문래동도 그중 하나였다. 슬슬 뜨기 시작해 예쁘장한 카페들이 골목 구석구석 들어와 있는 것이 흠이었지만 을지로와 비슷한 냄새가 났다. 노하우가 생긴 건지 몇번 안 갔는데 꽤 괜찮은 곳을 발견했다. 일단 가격이 맞았고 크기도 적당했으며, 건물이 오래되어 빈티지한 멋을 풍기는게 최근에 본 매물 중에 가장 실했다. 부동산 아저씨한테 친구들이랑 회의 좀 하고 내일 다시 올 거라고, 혹시 누가 찾아오면 절대 계약하지 말고 바로 연락해달라고 신신당부하고 집으로 왔다. 멤버들 역시 대환호. 두근거리는 마음을 누르며 날이 밝자마자 전화를 걸었는데, 전날 오후에 다른 팀이 와서 계약을 했단다. 주인이 다른 부동산에도 매물을 올렸는데 거기서 팔렸다고 했다. 부동산 시장이 이렇게 치열하다. (도대체 뭐가 들어왔는지 너무 궁금해서 나중에 가봤는데 뽑기방이었다. 문래 인형 뽑기방)

옷이나 가방이 품절되는 건 간혹 봤어도 집을 놓친 건 또 처음이었다. 일주일 뒤, 허탈하고 쓰린 마음이 채 가시지 않은 그날, 나는 또다시 을지로 어느 대로변에 서 있었다. 골뱅이집들만 즐비해 잘 가지 않던 쪽이었는데 부동산 할아버지가 분식집 2층에 괜찮은 매물이 있다고 해 따라나섰다. 천장이 낮고 바닥이 삐걱거리고 뛰면 무너질 것 같다는 것 빼고는 괜찮은 곳이었다. 그런데 이상하게 마음에 들지 않았다. 대로변이었기 때문이다. 돈이 없어서 골목길을 쑤시고 다닌 게 맞다만 그래도 을지로에서 가게를 연다면 왠지 골목에 있는 게 어울리지 않을까? 머릿속에 그리던 그림이 있었는데 지워지는 느낌이었다. 그리고 무엇보다 1층 분식집 아저씨가 별로였다. "위에 올라가서 바닥 밟아봤어요? 삐걱거리죠? 유학 갔다 와서 새로운 거 하려는 거 같은데 장사가 쉽지 않아요. 잘 생각해요." 유학 다녀온 사람은 없는데. 삼십 대 7명이 모였는데 유학한 사람이 한 명도 없다는 것도 좀 슬픈 일이긴 했지만 분식집 사장님이 우리를 대하는 느낌이 영 꺼림칙했다.

멤버들은 대부분 그곳을 좋아했다. 대로변이었기 때문이다. 골뱅이집들이 늘어선 그 비싼 길 위로 6시가 넘으면 직장인들이 쏟아지는데 반기지 않을 사람이 없었다. "이 정도면 괜찮잖아? 분식집 아저씨는 좀 맞춰주든가 하자." (들어올 거면 우리에게 수도 공사를 새로 해달라고 했다) 아, 여기는 안 되는

데…. 조바심이 났다. 민주주의, 토론, 의견 수렴. 나는 임대 문
의보다 이런 것에 슬슬 질리기 시작했다. 함께 보지 않은 것들
을 설명하고 동의를 이끌어내는 게 여간 쉽지 않았다. 내가 생
각보다 직관적인 사람이라는 것도 알게 됐다. 회사 다닐 때만
해도 난 참 이성적이고 논리적인 현대인이라고 생각했는데,
이것 참. 내 촉이랍시고 근거 없이 밀어붙이고 싶을 때가 한두
번이 아니었다. 대로변보다 골목이 왜 좋은지 빨리 설명을 해
야 하는데…. 멤버들과 함께 세 번째로 이곳을 방문했을 쯤엔
이미 대세는 기울어져 있었다.

　"감수할 건 감수하고 빨리 시작하자. 너무 오래 끌었잖아."
큰일이다. 여기 안 되는데…. 답답한 마음에 담배를 피우러 나
가는 멤버들을 따라 나갔다. 분식집 옆에, 사람들이 와서 담배
를 피우는 골목이 있었다. 오토바이나 다닐 수 있는 작은 골목
이었다. 이 골목 안엔 뭐가 있지? 안으로 들어가니 웬 허허벌
판이 나왔다. 도심 한복판에 이런 곳이 있다니. 아마 새로 건
물을 올리려고 부지를 싹 민 듯했다. 호기심이 생겨 안쪽으로
계속 들어갔다. 골목 안에 또 골목이 있었고, 거기엔 인쇄소들
이 옹기종기 모여 있었다. 그동안 웬만한 골목은 다 돌아다녔

지만 이렇게 엉뚱한 곳은 처음이었다. 다들 황무지 같은 그 벌판을 바라보고 있는데 막다른 골목 앞 인쇄소 문에 붙여진 종이 한 장이 눈에 들어왔다.

임대
28평형 2층
보증금 ○○○○만 원
월세 ○○만 원

대안을 찾았다.

일주일 뒤, 계약을 하기 위해 건물주 부부 두 분과 마주 앉았다. "어머, 젊은 사람들이라고 듣긴 했는데 완전히 우리 아들뻘이네. 학생 아니에요?" 동네 아줌마, 아저씨들처럼 푸근했다. 건물주는 다 악당인 줄 알았는데 이런 분들도 있구나. "무슨 카페 같은 거 할 거라고 했죠? 그래, 건물 깨끗해지고 사람 드나들면 우리도 좋지. 열심히 해보세요. 아들 같은 사람들이 참 대견하네." 막상 계약서를 쓰려니 긴장이 됐는데, 건물주 어머님의 덕담을 들으니 조금은 안심이 됐다. 계약을 주선

한 인쇄소 박 사장님이 '거봐, 내가 뭐랬어. 계약하길 잘했지?'
라는 눈빛을 보내며 의기양양하게 웃고 있었다. 그렇게 6개월
만에 계약서에 도장을 찍었다. 건너편 칼국숫집에 들어가 점
심을 먹는데 자꾸 가슴이 뛰어서 국수가 어디로 들어가는지
몰랐다. 내가 이걸 진짜 하는구나. 대박. 간절히 원하면 아주
가끔은 이루어지기도 하나 보다.

그래서 / 제 월급은요

월급을 받기로 했다. 지급은 장소 계약을 한 시점부터. 그런데 얼마를 줘야 되는 거지? 한 번도 남에게 월급을 준 적 없는 열 사람이 이 고민을 안고 둘러앉았다. 주는 사람이자 동시에 받는 사람이기도 한 나는 머릿속이 복잡해졌다. 물론 내가 가져갈 수 있는 돈이 많으면, 나야 좋다. 하지만 자금 사정을 뻔히 알고 있는데 얼토당토않은 금액을 제시할 수도 없고 금액을 먼저 당차게 제안할 정도로 낯짝이 두껍지도 못했다. 내가 말을 아끼니 다른 사람들의 입에서 먼저 얘기가 나왔다.

"현우는 지금 자취를 하는 것도 아니고 차도 없으니까 지출이 많지는 않잖아?" 이 자식이 내 지출을 어떻게 알고⋯. 아니 그럼, 자취를 하면 월급이 올라가는 건가? 선례나 기준이 없었다. 차라리 돈과 장소를 다 갖추고 있는 상태에서 운영자를 섭외하기 위해 외부에서 인력을 데려오는 거라면 쉬웠다. 다른 카페나 술집의 기준을 살펴보고 그에 준하는 월급을 책정하면 됐다. 하지만 우리는 매니저를 두려는 게 아니고 대등한 멤버인데 역할이 사장이라는 것이고, 어려웠다.

"지금 우리 월급의 평균을 가져가는 건 어떨까?"

여러 논의가 오가던 중 새로운 아이디어가 등장했다. 평균이라. 나를 제외한 사람들(그때는 8명)의 월급을 모두 더해 평균을 낸 금액을 월급으로 삼자는 것이었다. 이미 월 소득의 10%를 내기로 한 사람들이었으니 서로의 월급 정도야 얼추 알고 있었다. 월 300~400만 원씩 버는 사람만 있었으면 참 좋았을 텐데, 그렇지가 않았다. 정말 다양했다. 강산이 형이 이럴 경우를 대비해서 일부러 다양한 월급쟁이들을 모은 건가 싶은 생각이 들 정도로 참 골고루 분포해 있었다. 다 함께 사이좋게 앉아 계산기를 두드려본 결과, 150만 원 정도의 금액이 나왔다. 퇴사 당시 받던 월급보다 당연히 적었고 첫 월급보다도 적은 금액이었다. 길지 않은 논의 끝에 사장의 월급은 150만 원으로 결정됐다. 금액이 너무 많다고 하는 사람은 없었고 나는 수용했다. 더 이상 논쟁의 여지가 없었다.

　일을 하면서 매월 받는 월급은 어떤 기준으로 결정되는 걸까. 내가 이번 달 받아 가는 이 액수는 정말 내가 치른 노동에 비례하는 액수일까. 내가 몸담았던 드라마 업계는 국내 직종들 중 노동 강도가 가장 센 곳으로 유명하다. 모두 일에 파묻혀 허덕였고 실제로 사람이 일을 하다 죽기도 하는 무시무시한 곳이었다. 하지만 돈을 많이 주는 건 아니었다. 금융권에서 일하는 친구들은 나보다 적게 일하는 것 같은데 훨씬 더 많은 월급을 받았다. 물론 세상에서 제일 힘든 건 자기 일이겠다만. 결국 임금은 실제 노동 가치나 강도가 아닌 회사의 규모가 얼마나 크냐, 수익을 잘 내는 업종이냐 등으로 결정되는 것이 아닐까. 매년 최저 임금을 책정하기 위해 노사가 마주 앉아 밤샘 토론을 벌이는 걸 보면 임금을 결정하는 건 모두에게 어려운 일인 게 분명하다. 당시 내 월급은 내가 짊어져야 했던 일들에 비해 많지는 않았지만 수익을 내지 못했던 우리 조직의 현실에서는 꽤 합리적이었다고 생각한다. 실제로 자영업의 정글에 뛰어들면 일단은 모아둔 돈을 모두 쏟아붓거나 그래도 모자라 빚을 지고 시작하는 게 보통이다. 하지만 나는 고정된 수입을 받으면서 시작했다. 조직의 수익이 0, 아니 마이너스임에도 불구하고 말이다. 그것도 멤버들의 월급에서 10%씩 갹출한 돈으로. 액수를 떠나서 그것만으로 의미가 있었다.

월급을 정한 날.

멤버1   그럼 현우는 공사 시작하는 8월부터 월급이 들어가는 걸로 하고~

멤버2   현우도 10% 내야지?

멤버1   아, 그런가? 그러네. 10% 떼야겠네.

나   아… 이거 세전이야?

세전이었다.

10명의 남자들이 / 만들어가는

〈백종원의 골목식당〉을 보고 있으면 괜히 마음이 짠하다. 백종원 선생님이 화를 많이 낼수록 시청률이 올라가는 이 방송을 보며 나 역시 남들처럼 준비 안 된 사장님들을 손가락질한다. 그러다가도 뚜렷한 콘셉트를 찾지 못하고 허둥대던 옛 생각이 나, 괜히 내가 혼나는 기분이 든다. 백종원 선생님은 자신 있게 메뉴를 쳐내고 가게의 색깔을 찾아주지만 그게 말이 쉽지, 막상 내 앞에 명확한 사업 아이템을 정해야 하는 숙제가 놓이면 흰 도화지 앞에 선 학생처럼 막막해진다. 미술시간 도화지는 여러 장이지만 사업이라는 도화지는 몇 장 안 된다. 보통 한 장뿐이다. 나와 멤버들은 콘셉트는 고사하고 아이템조차 찾지 못해 방황했다. 드립 커피를 팔자고 했다가 호프집 자리가 나오면 소주와 맥주를, 다시 바 자리가 나오면 칵테일을 이야기했으니까. 초심을 찾기 위한 회의를 했다. 조건을 내려 두고 허심탄회하게 하고 싶은 걸 얘기하는 자리였다. 여전히 우리는 꿈이 많았다. 에어비앤비 같은 게스트 하우스를 운영해보고 싶다는 사람, 그럼 그 옆에서 작은 여행사를 같이 해보는 건 어떻겠냐는 사람, 스튜디오를 차리고 싶어 하는 방송쟁이들도 있었다. 현실적으로 당장은 카페나 작은 바를 열어서 돈을 벌어야 한다는 의견, 이에 맞서 창업 모임이 아니었는데 약간 변질된 감이 있으니 다시 꿈꿨던 이상적 공동체를 생각하자는 유토피아파까지. 정말 다양한 생각들이 난무했다. 하지만 모두가 알고 있었다. 당장 우리가 가진 돈으로는 이런 것들을 할 수 없다는 것을. 그래, 일단은 돈을 벌어야지. 결국 이야기는 돌고 돌아 가장 쉽게 접근할 수 있는 술장사로 돌아왔다. 호프집이나 주점을 하는 건 내가 반대했다. 아무리 캐시 카우 사업장을 찾는 거지만 그냥 소주와 맥주를 파는 건 영 재미가 없을 것 같았다.

그때 떠오른 것이 와인이다. 소주, 맥주는 싫고 커피나 위스키 바 같은 건 이미 레드 오션이라 진부한 감이 있다. 저렴하지

만 먹기에 나쁘지 않은, 가성비 좋은 와인들을 찾아서 잔술로 파
는 거다. 포도로 만든 음료에 대한 정체성을 확실히 하기 위해
상그리아나 뱅쇼 등도 함께 판다. 와인 바라면 고상한 걸 좋아하
는 나와도 잘 맞았다. 문제는 와인을 잘 모른다는 것이었다. 우
리는 역시 소주와 맥주였다. 그때 아주 멋있는 반론이 등장했다.

　"그럼 우리처럼 와인을 잘 모르는 사람들도 편하게 먹을
수 있는 와인을 팔면 되지 않나?"

　결국 착한 가격에 와인을 마실 수 있는 캐주얼 와인 바를
하는 것으로 정해졌다. 그것만으로 부족하다고 생각했다. 좀
더 확실한 정체성을 갖고 싶었다. 그때 우연히 〈타이페이 카
페 스토리〉라는 대만 영화를 보고 무릎을 탁 쳤다. 자매 둘이
카페를 오픈했는데 장사가 생각처럼 안 된다. 그러다 하루는
손님이 가져오는 물건과 가게에 있던 소품을 교환했는데, 소
문이 나 물물 교환을 하는 카페로 대박이 난다는 이야기다. 사
장이 계륜미라는 함정이 있긴 했지만 나는 가능성이 있다고
생각했다. 사장도 여럿이니 각자 이런저런 물건을 가져와 가
게에 늘어놓으면 멋질 것 같았다. 꾸준히 밀었지만 좋아하는

사람이 없었다. 가게에 들어오는 물건은 어떻게 다 관리할 것이냐, 너무 난장판이 될 것 같다, 교환해주는 기준은 무엇이냐 등등 길가의 펀치 기계처럼 두들겨 맞더니 결국 사라지고 말았다. 그 외에도 인쇄소 골목에 있으니 가게를 종이로 꾸미자는 아이디어, 손님들이 주문할 때 종이비행기를 접어 카운터로 날리게 하자는 아이디어 등 온갖 상상들이 종이비행기처럼 떠다니다 어디론가 다 날아갔다.

　한참을 그렇게 아등바등했다. 하지만 이곳엔 처음부터 우리만 모르고 있던 확실한 콘셉트가 있었다. 바로 사장이 10명이라는 것이었다. 그렇게 우리는 '10명의 남자들이 만들어가는 공간'이라는 정체성을 갖고 시작하게 됐다.

　사업 아이템을 와인으로 확정하고 집으로 돌아가는 길.
　호석　야, 근데… 너 한국에서 상그리아 먹어본 적 있냐.
　나　아니… 전혀. 그런 건 스페인 여행 가서나 먹는 거지, 한국에서 무슨 상그리아를 마셔….
　꾸준히 왔다 갔다 했다.

내 꿈은 / 을지로왕

뙤약볕이 내리쬐던 여름날, 오랜만에 멤버 전원이 모
였다. 굵직한 이슈가 많았다. 계약하기로 한 장소를 검토해야
했고, 함께하기로 한 새 멤버 두 명이 회의에 참석하기로 했
다.* 우리는 짜장면과 소주를 깔아놓고 둥글게 모여 앉았다.
늘 그렇듯이 새로운 사람들이 왔으니 서로를 소개해야 했다.
누군가 한 가지 제안을 했다.

"앞으로 여기서 하고 싶은 거, 각자 꿈이 뭔지, 그런 거 한
번 얘기해보는 게 어때. 자기소개하는 김에."

---

* 두 사람이 들어온 시기에 기존 멤버였던 세환이 형과 주영이 형은 모임에
 서 나갔다.

사장인 나부터 일어났다. 이게 뭐라고 좀 떨렸다.

"음… 나는 을지로왕."

몇몇이 풉-하고 웃었다.

"아, 그러니까 일단은 우리가 뭘 하려면 이 가게부터 성공시켜야 될 거 아냐. 사장이니까 가게를 대박 치게 만들어서 을지로를 장악하고 나중에 사람들이 어떻게 했냐고 물어보면 잘난 척도 좀 하고. 그래서 맨날 이거 영상으로 찍고 다큐 만들자는 얘기도 하는 거고.* 이게 또 시간이 흐르면 우리 또래 사람들이 전국적으로 아로파 운동을 해서 점조직으로 만들고 그럴 수도 있지 않을…"
"자, 그래. 을지로왕 좋다! 다음!"

이번엔 새로 온 멤버가 나섰다. "나는 지금은 회사를 다니지만, 언젠가 내 사업을 해보고 싶은 마음이 있어. 여기 와서

---

* 정말로 다큐를 만들고 싶어서 계속 영상을 찍었는데 데이터가 절반 이상 유실되는 사고가 있었다. 지금 생각해도 마음이 찢어진다.

이렇게 부대끼고 사람 만나면서 미리 경험해본다는 생각으로 해보고 싶어."라고 말하는 사람은 준현이 형. 경영학도다. 뒤늦게 10% 룰을 말해줬는데도 과감히 함께한다는 그가 처음엔 바보인 줄 알았는데, 사실 제일 현실적이고 빡빡한 사람이었다.

"솔직히 나는 사업할 생각은 없고, 그냥 지금 회사에서 탑이 되고 싶어. 근데 회사 생활만 하면 너무 팍팍하잖아. 주말에 이렇게 나와서 너네랑 얘기하고 내가 할 수 있는 일도 하고. 그러면 재밌을 것 같아." 이 사람은 영민이 형.

둘이 친구다. 둘은 비슷하면서도 다르다. 영민이 형이 약간 무데뽀라면, 준현이 형은 더 섬세한 면이 있다. 두 경영학도가 모임에 합류하면서 좀 더 체계를 갖췄다. 막 들어온 그들의 눈에 우리는 아누타 섬의 부족들처럼 보였을지도 모른다. 공증 같은 절차도 없이 돈을 모아 통장에 넣고, 월급의 십분의 일을 회비로 내고, 막다른 골목 끝에 있는 장소까지 이상한 게 한두 가지가 아니었을 테니. 실제로 두 사람은 따로 술을 한잔하며 돈 몇백은 버리는 셈치고 좋은 친구들이나 얻는다는 심정으로 6개월 정도만 같이 해보자고 결의를 다졌다고 한다.

　이후로도 한 명씩 일어나서 간단한 자기소개를 하고 꿈에 대해 이야기했다. 돈을 많이 벌어 나중에 재단을 설립해서 좋은 일을 하고 싶다는 사람, 프리랜서로 일하면서 더 늙기 전에 세계 일주를 다녀오고 싶다는 사람 등등. 학예회 같은 발표가 끝날 때마다 폭소가 터졌다. 보통은 아니… 네가? 그랬어? 이런 반응이 이어졌다. 서로가 어떤 꿈을 품고 있는지 몰랐다. 6개월 가까이 함께했지만 서로의 꿈까지 공유하진 못했다. 장소 계약이며, 아이템 회의며, 먹고살기 위한 논의에 급급했으니 그럴 기회나 여유가 없었다. 그날 비로소 서로의 얼굴을 다시 봤다.

　우리는 각자 취향도 이곳에서 하고 싶은 것도 모두 달랐다. 하지만 일상에서 벗어나 무언가 새로운 일에 뛰어들고 싶다는 욕구는 같았다. 그런 공통점이 우리를 하나로 묶어줬다. 한여름 뜨거웠던 그 자리는 우리가 단순히 가게를 만들기 위한, 창업을 위한 모임이 아니라는 걸 되새겨주었다.

아빠 / 생각

　　사장을 맡기로 하고 얼마 지나지 않은 날이었다. 아빠와 대화를 나누다 내가 야심차게 얘기했다. "죽고자 하면 살 것이요, 살고자 하면 죽을 것이다. 뭐, 이런 말도 있잖아요? 일단 하다 보면 어떻게든 되겠죠."

　　아빠가 덤덤하게 말을 받았다. "다 옛날 얘기다. 요즘은 죽고자 하면 그대로 죽는 세상이야…. 열심히 해봐."

　　꾸밈없는 말은 늘 힘이 된다.

2부

약간
인더스트리얼풍의
회색빛이
도는

동용이 형 / 넷째 작은아버지

"여어, 조카 왔어?"

나를 조카라고 부르며 예리한 눈빛으로 건물을 주시하고
있는 사람은 바로 동용이 형 넷째 작은아버지, 줄여서 작은아
버지다. 졸지에 삼촌이 생기게 된 경위는 이러하다. 계약과 동
시에 인테리어 업자들을 물색했다. 물론 지인을 통해서였다.
거품이 많다는 인테리어 공사를 아무에게나 맡길 수 있나. 아
는 형이 소개해준 인테리어 업체에서 나온 실장님이라는 분
은 아주 싹싹하고 친절했다. 레이저를 들고 공간 구석구석을
측정하고는 4,500만 원이라는 견적을 내놨다. "원래 이 정도
면적이면 육천은 부르는데 젊은 사람들이 큰일 하려는 것 같

아서 정직하게 간 거예요." 감동적이었지만 보증금을 치르고 나니 남은 돈을 다 긁어모아야 2,000만 원이 될까 말까 했다. 그리고 업체에서 제시한 인테리어 방향, 모든 것을 깔끔하게 통일한 강남 스타일의 디자인은 별로 어울릴 것 같지도 않았다. 다른 분을 또 소개받았다. 이분은 을지로에 사무실이 있었다. 주로 수도 공사를 하는 1인 사업자였는데 을지로에 있는 카페나 술집은 거의 다 이분 손을 거쳤다고 했다. 든든했다. 이건 이렇게 줄이고, 이런 공사는 굳이 안 해도 되고…. 마구 줄을 긋더니 2,000만 원이 조금 안되는 견적이 나왔다. 액수가 마법처럼 줄긴 했지만 그래도 비싼 돈이었다. 어쨌든 사람에 따라 견적이 달라진다는 것을 알긴 했는데, 알고 나니까 아는 게 병이라고 더 고민이 됐다. 인테리어 이놈의 것을 어떻게 해야 되나 머리를 싸매고 있는데 갑자기 현수 형이 말을 꺼냈다.

현수 형 근데 내 친구 중에 말이야. 동용이라는 친구가 있는데, 그 친구 넷째 작은아버지가 타일을 해서. 그 친구가 하는 조개구이집도 그분이 다 만들어주셨는데….

나   그 얘기를 왜 이제야 하는 거야?

나는 인테리어를 공부한답시고 선비처럼 책*을 보고 있었는데, 자꾸 보다 보니 적어도 비용 줄이는 것에 있어서는 감이 좀 잡혔다. 발품을 팔아 공사 부문별로 개별 업자들에게 시공을 맡기고 함께 인테리어를 해나가는 것, 바로 셀프 인테리어다. 그래, 2,000만 원을 들고 업체 문을 두드리는 건 바보 같은 짓이었다. 셀프 인테리어의 세계에 한 발짝 발을 들이려는 찰나, 작은아버지가 등장한 것이다. 일단 해주신다는데 만나 뵙고 결정할까? 책을 덮고 행동에 나섰다. 가게를 살펴본 작은 아버지는 기존의 업자들을 꾸짖었다.

"뭐, 얼마? 요만한 거 하는데 무슨 그 돈을 받아, 도둑놈들. 인테리어 업자라는 사람들은 전부 도둑놈이라고 보면 돼. 하나도 믿을 게 못 돼."

영화나 드라마에서 봤던 풍경인데…. 현대 의학으로는 도저히 고치기 어렵다는 병을 고치기 위해 고민하던 주인공, 결국 요상한 민간요법을 시술하는 은둔 고수를 찾아가 몸을 맡

---

* 아파트멘터리 윤소연 대표님이 쓴 《인테리어 원 북》이라는 책을 제일 많이 봤다. 실제로 도움이 많이 됐다.

긴다⋯. 뭘 믿고 맡기는 거야. 말도 안 돼. 하지만 현실에서 직접 이런 상황을 겪으니 이상하게 믿음이 갔고 맡길 수밖에 없었다. 작은아버지가 1,300만 원을 제시했기 때문이다. 그리하여 나는 작은아버지와 여정을 함께하게 되었다. 정확히 말해 작은아버지는 인테리어 전문가가 아니고 타일공이었다. 당연히 지식과 기술엔 한계가 있었다. 이후 나는 공사 기간 내내 작은아버지와 엎치락뒤치락, 때로는 논쟁을 때로는 말다툼을 벌였고, 한두 번 정도는 작은아버지가 연장을 바닥에 집어 던지기도 했으며 일이 끝나면 매번 둘이 마주 앉아 소주를 마셨다.

공사 / 계획

계획 세우는 걸 참 좋아한다. 학창 시절 시험공부를 할 때도 꼼꼼한 계획을 짰다. 시험 한 달 전부터 달력에 수학, 영어, 국사 등 그날그날 공부할 과목 이름을 빼곡하게 적었다. 그렇게 적어두고 바라보면 공부를 다한 느낌이 들어 마음이 편안해졌다. 대부분 계획대로 공부하지 않아 늘 벼락치기로 이어지는 게 문제였지만. 공사를 시작하면서도 계획을 짰다. 아예 엑셀로 일정표를 만들었다. 철거-목공-전기-조명-페인트, 바닥-수도-화장실, 가구-소품. 공사 단계별로 알록달록 색까지 입혀서 화려하게 적었다. 마침 공사 시작일이 8월 15일 광복절이었다. 공사는 3~4주 정도 소요된다고 했는데 그해 추석이 9월 15일이었다. 아귀가 딱딱 맞았다. 광복절에 시작해 추석까지는 공사를 끝내고, 이어서 가구나 소품 등을 준비해 10월 3일 개천절에 가오픈한다는 계획이었다. 달력에 표시하고 보니 어째 날짜들에 의미가 꽉꽉 부여되어 있는 게 좋은 기운을 받는 것 같아 기분이 아주 좋았다. (의미 부여하는 걸 또 상당히 좋아한다) 이제 우리 와인 바는 민족의 정기를 받아 탄탄대로에 오를 것이며, 10월 안에는 완전히 오픈하여 올해 안으로 대박을 칠 것이다. 멤버들과 난 새로운 보금자리에서 축배를 들게 되겠지. 겨울이, 아니 따뜻한 연말이 오고 있다.

2016. 10. 03.

바닥 공사가 잘못되는 바람에 오늘 시멘트를 새로 날랐다.

너무 힘들다.

이건 진짜다.

월세가 계속 나가고 있다.

내 멘탈도 나가고 있다.

솔직히 올해 오픈할 수 있을지 잘 모르겠다.

인생 참 계획대로 되지 않는다.

알면서도 매번 당한다.

철거

"모든 공사의 시작은 철거야. 일단 한번 쫙 걷어내고 시작하는 거지."

　빈 공간을 쭉 둘러보시던 아저씨가 천장을 툭툭 건드리며 얘기했다. 아저씨는 본인이 철거는 물론 수도 공사도 가능하고 다 할 수 있으니, 일단 맡기라고 했다. 그 뒤로도 몇 명의 철거 사장님들을 만났다. 도저히 감이 잡히지 않는 내 앞에서 사장님들은 자신 있게 철거를 이야기했다. 건장한 체격의 한 젊은 사장님은 무너뜨리기로 한 벽을 가리키며 이런 건 오함마를 가져와서 한 번에 처버려야 한다며, 흡사 골프 선수 같은 자세로 오함마를 휘두르는 자세를 보여줬다. 나는 설명을 들어도 잘 상상이 되지 않았다. 누군가에게 철거란 오래된 것을 걷어버리는 시원한 작업이겠지만 나에게는 감당하기 어려운 거대한 작업이었다. 어린 시절에 받은 선물 상자까지 안 버리고 모아두는 나에게, 무언가를 부신다는 건 그 자체로 너무 힘든 일이었다. 그래도 가게를 만들려면 우선 철거를 해야 했다.

동용이 형 넷째 작은아버지가 등장한 것이 바로 그때였다. 혜성처럼 등장한 작은아버지는 기존의 업자들을 깡그리 비웃으며 최저가를 제시했다. 작은아버지는 공사 초반부터 비용을 확실하게 절약하기로 단단히 마음먹은 것 같았다. 그래서인지 철거 당일 아침, 현장엔 오함마 대신 집에서 볼 수 있는 것보다 조금 더 큰 망치 몇 개 그리고 폐기물을 담을 포대자루 한 묶음이 놓여 있었다. 아버님은 사람을 한 분 더 데리고 오셨는데 오랜 친구분이라고 했다. 곰돌이 푸처럼 둥글둥글하고 푸근한 인상에 아랫배가 적당히 나온 아저씨는 어느 동네에서나 쉽게 볼 수 있는 친근한 오십 대 아저씨였다. 아저씨의 직업은 택시 기사였다. 철거업체에서 보통 이 정도 평수는 3명이서 진행해야 한다고 했는데, 어찌 됐든 나를 포함해 그 숫자가 채워진 셈이었다. 철거 현장은 지옥과 같았다. 천장을 뜯어

널 때마다 새카만 먼지가 쏟아져 나와 앞이 잘 보이지 않을 정
도로 뿌예져 재난 현장처럼 변했다. 작은아버지가 사다리에
올라 천장 패널을 뜯어내면 나와 택시 아저씨가 잔해들을 포
대자루에 담아 밖으로 날랐다. 고된 작업이었다. 마스크를 썼
는데도 콧잔등에 먼지가 까맣게 앉았다. 자루를 끌고 1층으로
내려가느라 지친 나와 택시 아저씨는 자주 휴식을 취했다. 아
저씨는 하루 종일 앉아서만 일하다가 몸을 쓰려니 너무 힘들
다며 거친 숨을 몰아쉬었다. 원래 같았으면 시원한 차 안에 있
었을 아저씨가 친구의 꼬임에 넘어가 철거 일을 하며 시무룩
해진 모습을 보니, 웃음이 나왔지만 웃기만 하기엔 너무 힘들
었다. 누가 농담으로 여기 천장을 뜯으면 사람 시체라도 하나
나오는 거 아니냐고 했는데, 다행히 그런 건 나오지 않았다.
대신 엄청난 양의 먼지와 스티로폼, 나무 조각 같은 것들이 쏟
아져 나왔다. 간혹 겨우 뼈대만 남은 비닐우산이나 슬리퍼 한
짝 같은 것들이 불쑥불쑥 튀어나와 모두를 의아하게도 했다.
아마 당시 천장을 만드는 공사를 했던 인부들이 처리하기 귀
찮은 것들을 안에 넣고 덮어버렸으리라. 그들은 몇십 년 뒤에
자신들이 만든 천장이 무참히 뜯길 것이라고는 상상도 못 했
을 것이다.

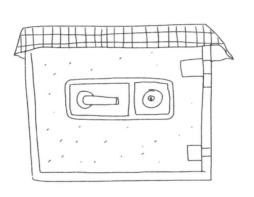

철거는 3일 동안 이어졌다. 일을 하며 이 작업이 나와는 맞지 않다는 걸 다시 확인했다. 하루는 어떻게 알고 오셨는지 동네 고철 장수 아저씨가 훅 들어와 "고철 있담서요?" 하며 자리를 잡더니 돈이 될만한 고철들을 챙기기 시작했다. 막 가져가는 건 아니고 떨어져 나온 창문이 있으면 본인 장비를 꺼내, 쨍강쨍강 유리는 깨버리고 창틀만 포대자루에 쏙 넣었다. 동시다발적으로 한쪽에서는 우르르 쾅쾅 천장이 무너지고 또 다른 한쪽에서는 유리가 격하게 쨍강거리며 깨지는데, 소음과 모든 것들이 부서지는 순간을 도저히 견딜 수 없어 밖으로 나왔다. 한참을 쉬다 올라갔는데 고철 아저씨가 나를 보더니 물었다.

"저거 금고 가져가도 돼요?"

가게에 옛날식 금고가 하나 있었는데, 손으로 돌리는 다이얼이 달려 있고 푸른빛이 도는 것이 정말 멋졌다. 그야말로 빈티지 그 자체였다. 저런 걸 어디에 쓰겠냐며 짐만 되니 버리자는 멤버도 있었고, 두고 쓰자는 멤버도 있었다. 나는 당연히 후자였다. 금고가 이곳의 역사를 증명해주는 보물처럼 느껴졌다. 심지어 금고는 열리기까지 했다. 영화나 드라마에 등장하는 기업 회장들처럼 남몰래 금고를 열고 그 안에 계약서나 현금 다발을 넣어두고 흡족해하는 모습을 상상해봤다. 저것만은 지켜야 된다.

"아. 저건 안 됩니다. 그냥 두고 제가 쓰려고요."

나는 단번에 잘라 말했고 고철 아저씨는 쿨하게 지금까지 모은 전리품을 안고 유유히 사라졌다. 그렇게 오래된 금고는 현장에서 살아남았고 지금까지 한구석을 차지하고 있다.

2016. 10. 10.
무심결에 금고를 닫고 다이얼을 돌려봤는데, 다시 안 열린다.
큰일 났다.
비번이 뭐지….

철거 2- / 다시 생각해보니

철거는 몸을 쓰는 일이 유독 많기도 했지만 공사에 대해 정말 아는 게 없을 때 한, 첫 번째 작업이라 더 어려움이 많았다. 사실 철거는 우리가 얼마나 주먹구구식으로 덤볐는지 그리고 함부로 덤비면 현장에서 어떤 일이 일어날 수 있는지, 앞으로의 일들을 점칠 수 있는 예고편 같은 것이었다. 중간에 있던 벽을 밀어버리는 문제가 그랬다. 인쇄 사무실로 썼던 이곳은 2/3 지점에 문도 있고 창문도 있는 벽이 있었다. 말하자면 작은방이 하나 있었던 셈이다. 이 벽을 어찌할까 꽤 많은 고민을 했다. 그대로 두고 사무실로 쓰자는 얘기도 있었고, 그냥 둘 거면 '돈이 없어서 여기는 공사를 못 했습니다'라고 쓴 종이를 붙이자는 귀여운 아이디어도 나왔다. 하지만 결정적으로 벽이 천장과 이어져 있었기 때문에 천장을 트기 위해서는 벽도 헐어야 할 것 같았다. 천장 패널을 뜯어내 층고를 높이는 일은 모두가 간절히 원하던 것이었다. 몇 번의 논쟁 끝에 결국 벽을 없애기로 했다.

철거 첫날, 작은아버지는 창가 쪽 천장부터 뜯기 시작했다. 철거는 두 번 생각해도 힘든 작업이었지만 이 작업은 조금 설레었다. 도대체 천장을 뜯으면 저 위는 어떤 모양일지 모두가 궁금해하고 있었고, 조금씩 모습을 드러낸 진짜 천장은 기대 이상으로 멋졌다. 현장에서 가장 먼저 그 모양을 보게 된 나는 고대 유적이라도 발굴한 사람처럼 흥분했다. 이제 벽을 무너뜨릴 차례였다. 그런데 벽과 천장을 유심히 살피던 작은 아버지가 심각한 얼굴로 말했다.

작은아버지 이 벽은 그냥 벽이 아니야…. 천장을 지지하는 기둥 역할을 하는 거 같아.

나   ???

작은아버지 이걸 부수면 이 집이 무너질 수도 있다고!

공사 첫날인데, 무너진다니. 막 시작했는데. 창가 쪽 천장
은 거의 다 헐린 상태였다. 뜯어낸 천장은 어떻게 되는 거지?
다시 덮어야 되나? 갑자기 정신이 아득해졌다. 부서진 천장
틈으로는 먼지가 쉬지 않고 흐르고 있었다. 내 멘탈도 먼지들
과 함께 흘러내렸다. 공사는 중단됐다. 작은아버지는 어디론
가 황급히 전화를 걸었다. 아는 목수에게 자문을 구하는 듯했
다. 인쇄소 아저씨들이 하나둘 올라와 신기한 이 광경을 구경
했다.

"이야, 여기 천장이 이렇게 생겼었구나."
"저거 벽, 그냥 밀어도 될 텐데? 저게 중간에 넣은 거니까
괜찮을 텐데….."

하지만 뾰족하게 답을 주는 사람은 아무도 없었다. 동네
아저씨들 중 몇몇은 사다리를 타고 올라가 한참을 들여다봤
지만 내려와서는 모호하게 같은데~, 아닐 걸~? 이런 말만 남
긴 채 손을 탈탈 털고는 사라졌다. 공사가 전면 중단됐다, 이
러다 건물이 무너질 수도 있다. 자극적인 연락을 받은 멤버들
이 한참을 요동쳤다. 가장 가까운 곳에서 일하던 동일이가 점

심시간을 틈타 가게로 왔다. 오자마자 셔츠를 벗고 가게 구석에 버려져 있던 골프채를 들더니 사다리를 타고 올라가 뚫려 있는 천장 한구석을 휘저었다. 메리야스 한 장만 입고 골프채를 든 동일이를 보고 있으니 동네 건달 친구가 뒤를 봐주러 온 느낌이 들어 마음이 편해졌다. 물론 그렇다고 해서 딱히 방법이 생긴 건 아니었지만. 결국 작은아버지의 연락을 받은 목수 아저씨가 현장에 와서야 일은 해결됐다. 빨간 반팔 셔츠 차림에 동그란 안경을 낀 나이 지긋한 목수 아저씨는 어느 대학의 교수님 같은 인상을 풍겼다. (처음 목수 아저씨를 본 건데 내가 생각한 모습과 전혀 달랐다) 그는 다른 사람들처럼 사다리 위에 올라 천장을 살피고 내려와 건물 곳곳을 돌아보더니 곧 결론을 내렸다. '벽을 밀어도 아무 문제없다'는 것. 전문가가 답을 내리기까지는 채 10분도 걸리지 않았다. 간단한 문제였던 것이다. 공사 전에 미리 체크했다면 아무 일 없었을 텐데. 계획 없이 시작된 공사가 아찔한 순간을 만들어냈다. 물론 철거는 시작에 불과했다. 그 뒤에 찾아온 어마어마한 일들에 비하면.

목공

　　나는 나무가 좋다. 굳이 나무를 싫어하는 사람이 있겠냐마는, 나는 특히 더 좋아한다. 사주도 일간*이 나무로 나온다. 이름에도 목木이 들어 있다. 철거 다음 순서는 목공이었다. 다 걷어냈으니 다시 새 옷을 입히는 거다. 너무 지저분한 천장 일부를 보수하고 카운터와 선반 몇 개를 짜는 것까지 목공으로 해결하기로 했다. 나무를 좋아해서 그런지 목공도 적성에 맞았다. 현장에 도착한 목수 아저씨는 철거 때 벽을 밀어도 된다는 판결을 내려준 바로 그 분이었는데, 그때와 차림새가 너무 달라 깜짝 놀랐다. 허름한 작업복을 입고 허리에 연장을 두

* 일간은 연월일시 중에 태어난 날을 뜻하며 '나'를 나타낸다.

른 채 한쪽 귀에 연필을 꽂은 모습은 영락없는 목수였다. 그는 현장에 밟고 올라갈 사다리조차 없는 걸 보고는 혀를 끌끌 차며, 가져온 나무와 도구들을 사용해 금세 사다리와 아시바*를 뚝딱뚝딱 만들었다. 무에서 유를 창조한다는 게 이런 거였다. 나는 입이 떡 벌어졌고 쉬지 않고 이것저것 물었다. 톱은 어떻게 쓰는 것인지, 스킬이 뭐고, 대패는 무엇인지. 다행히 목수 아저씨는 말이 많은 사람이었고 신나게 답을 해줬다.

목수 아저씨가 재료를 너무 적게 사 오는 바람에 그의 트럭에 올라 목재소에 따라간 적이 있었다. 금방 간다고 해서 따라나섰는데 이렇게 금방일 줄이야. 바로 옆 동네 을지로4가엔 골목마다 목재소들이 줄지어 있었다. 언제부터 목공소가 많았던 걸까. 냉면집이나 찾아다닐 줄 알았지, 이 동네에 목공소가 있을 줄은 꿈에도 몰랐는데. 목재를 사는 방법은 간단했다. 목재소에 들어가 필요한 재료를 말하고(예를 들면 선반을 만들려고 합니다, 이렇게) 원하는 양만큼 잘라서 가지고 나오면 끝. 정말 이게 끝이야? 물론 목재를 산다고 해서 숲에 들어가 도

---

*   발판의 일본식 표현. 공사 현장 용어 중엔 일본어가 정말 많다.

끼로 나무를 베고, 벤 나무를 지게에 짊어지고 나오는 그림을
생각했던 건 아니지만 도심 한복판에서 그것도 단번에 나무
를 사 올 수 있다니. 동대문에서 옷을 사는 것보다 쉬웠다.

　좋아하는 게 뭔지 모를 때 여행을 떠나라고 하는데, 가게
를 만드는 여정도 여행과 비슷한 점이 많았다. 우선 돈이 별로
없다는 점이 그랬고, 돈이 없다 보니 늘 발로 뛰면서 매일 새
로운 환경을 맞닥뜨려야 한다는 점도 그랬다. 대부분은 개고
생이었지만 아주 가끔은 그 과정 속에서 좋아하는 것과 싫어
하는 것을 더 알아내고 확인할 수 있는 순간들도 있었다. 나에
겐 목공이 그랬다. 나흘간의 목공사 기간은 목수 아저씨에게
목공을 배우는 일대일 클래스였다. 시간이 흘러 여유가 생기
면 취미로 목공을 배워 목수가 되어야겠다는 작은 꿈을 품을
정도로 이 새로운 세계에 푹 빠졌다. 조금 더 나이가 들면 경
기도 어느 호젓한 곳에 공방을 낸다. 그곳에서 내가 쓸 책상과
의자를 디자인하고 목재를 떼다가 직접 만들어 칠을 하고 값
을 매긴 뒤 취향이 맞는 사람에게 판다⋯. 가게를 만들다 보니
자꾸 뭘 팔 생각부터 한다. 하긴, 내가 쓰려고 만들었는데 다
른 사람도 좋아해서 팔 수 있게 된다면 그만한 일이 없지.

　물론 일이 어느 정도 끝난 뒤에나 할 수 있는 생각이었다. 현실은 장갑을 끼고 목재를 나르고, 목수 아저씨를 도와 천장에 댈 목재를 들고 있느라 사다리 위에서 다리를 부들부들 떨고 있는 장면이 대부분이었다. 보통은 현장을 지휘하는 대목 한 명과 그를 보조할 인부 한두 명 정도를 쓰는 것이 정상이다. 하지만 인건비가 없었고 대신 내가 있었기 때문에 허드렛일은 모두 내 몫이었다. 현장은 나무를 자를 때 나온 톱밥으로 가득해서 잘못 숨을 들이마셨다가는 그 자리에서 죽을 수도 있을 것 같았고, 점심시간엔 정치 성향이 맞지 않는 목수 아저씨의 담론을 들으며 영혼 없는 맞장구를 치기도 해야 했다. 그럼에도 좋아하는 것을 찾았다는 즐거움, 어쩌면 죽을 때까지 몰랐을 을지로4가와 5가 사이에는 수많은 목공소가 있다는 사실을 알아낸 지식 축적의 기쁨, 공짜로 목공 클래스를 듣고 있다는 합리화 등이 작은 위안이 되었다.

조명

그러니까 작은아버지가 공사를 해주는 방식이란, 본인이 할 수 있는 철거나 수도, 타일 등은 직접 진행하고(물론 그의 곁엔 택시 아저씨와 내가 늘 함께했다⋯) 그 외 목공이나 전기 같은 건 기술자를 부르는 식이었다. 2~3명이 해야 하는 일을 1명만 부르고 나머지는 작은아버지와 내가 몸으로 때움으로써 비용을 아꼈다. 나는 작은아버지 옆에서 늘 무언가를 선택하고 결정해야 했다. 작은아버지는 거의 모든 걸 물어봤다. "이건 어떻게 할래, 버려 말아. 벽돌은 여기까지 붙일까 아니면 끝까지 다 붙일까?" 나도 이제 책 보고 블로그 보면서 배워가는 입장인데 판단하고 결정하는 건 여간 고역이 아니었다. 어렵사리 결정해도 그대로 진행되는 것도 아니었다. 두 번 중에 한 번은 꼭 "아닌데…. 전에 해봐서 아는데 벽돌을 절반만 붙이는 게 멋이야, 멋." 이렇게 본인의 의견을 내어 날 혼란에 빠지게 했다.

조명을 골라야 할 시점이 됐을 쯤, 나는 거의 정신병에 걸리기 직전이었다. 을지로 조명 가게를 다니며 수백 가지 카탈로그를 봤다. 볼 때마다 백지선다형 객관식 문제를 풀어야 되는 기분을 느꼈다. 다행히 나보다 현명한 멤버들이 있었다. 이들에게 이 시험지를 슬쩍 넘기기로 했다. 물론 이건 공사 기간 동안 내가 했던 가장 어리석은 선택이었다. 전기 공사는 일정한 답이 있다. 조명을 달기 위해 선을 어디까지 빼야 할지, 콘센트는 어디에 자리 잡는 게 좋을지 등 대개 이성적으로 생각하면 괜찮은 답이 도출된다. 하지만 조명을 사는 건 전혀 다른 문제였다. 조명은 취향을 가장 많이 타는 영역이었다. 미리 사진으로 찾아보고 정해둔 조명을 사는 데는 크게 이견이 없었지만, 결정하지 못한 채 일단 가서 예쁜 걸 고르기로 한 조명들이 전부 문제를 일으켰다. 다들 취향이 달랐기 때문이다. 누구는 녹이 슨 빈티지 조명이 멋있다고 했고 누구는 지저분해 보인다고 했다. 누구는 레일 조명이 깔끔하다고 했지만 누

구는 너무 밋밋하다고 했다. 그런 식으로 조명 가게에서 한참을 싸웠다. 다른 멤버들은 전부 괜찮다고 하는데 나만 싫어한 것도 있었다. 벽에 붙이는 작은 조명이었는데, 겉이 그물망식으로 디자인된 조명이었다. 우리는 그걸 새장 조명이라고 불렀다. 나는 그 조명이 마음에 안 들었고 가게와 어울리지 않는다고 생각했는데 논리적으로 표현할 길이 없었다. 그래서 그냥 "음… 새장 조명은 어째 새가 갇혀 있는 느낌이 들어서 별로야. 자유롭지 못한 것 같아."라고 말하는 수밖에 없었다. 물론 아무도 공감하지 못했다. 다행히 새장 조명은 사지 않기로 했다. 끝까지 공감은 못 했지만 멤버들은 내가 사장이라는 이유로 나를, 내 취향을 존중해줬다. 나도 한 번은 양보를 해야 했다. 나와 동행한 현수 형이 스포트라이트 모양의 핀 조명에 꽂혔다. 현수 형은 방송의 꿈을 접고 광고 회사에 다니고 있었다. 방송 현장에서 쓰는 스포트라이트 조명은 애초에 계획에도 없었고 딱히 달 곳도 없었다. 안에 들어가는 전구도 다른 것들과는 달랐다. 하지만 현수 형은 미련을 버리지 못했고 나도 형의 취향을 존중해 함께 핀 조명을 사 들고 가게로 왔다.

"왜 못다 이룬 방송의 꿈을 여기서 실현하려고 하는 거야!!"

　동행하지 못한 멤버들은 계획에 없던 핀 조명에 공감하지 못했다. 다행히 아직 사이들이 꽤 좋을 때라 적당히 웃고 마무리됐지만. 한동안 핀 조명을 달 자리를 찾느라 애를 먹어야 했다. 조명 가게에서 일어난 소동은 다양한 갈등, 다툼, 분쟁의 서막이었다. 아무리 뜻이 맞는 친구들이어도 취향까지 모두 맞출 수는 없다는 현실을 일깨워준 일이기도 했다.

대청소

　　몇 차례 해프닝이 있긴 했지만 우리는 꽤 단합이 잘되는 편이었다. 회사를 다니는 멤버들은 틈이 날 때마다 을지로로 왔다. 어떤 날은 A와 B가 와서 청소를 하고 술을 마시고, 또 어떤 날은 C와 D가 와서 청소를 하고 술을 마셨다. 멤버들은 작은아버지와 다투느라 힘들어하는 날 위로하기도 했다. 그런가 하면 주말엔 다 함께 골목과 계단을 누비며 가구를 나르고 집기를 옮겼다. 도대체 이들이 아니면 어떻게 이런 척박한 땅에 와인 바를 꾸밀 수 있었을까? 물론 어떻게든 했을 것이다. 돈을 주고 사람을 쓰든, 밥을 사준다며 친구들을 불러 부려 먹든…. 다양한 방법이 있었겠지만, 그 느낌만은 달랐을 것이라고 확신한다. 정말 많이 웃었고 신나게 일을 진행했다.

석 달 넘게 공사를 하며 온전히 함께 한 건 페인트칠이었다. 미술 시간에 붓으로 물감을 찍어 바르는 정도일 줄 알았는데 바보 같은 생각이었다. 페인트칠을 하기 위해선 원래 붙어 있던 벽지를 긁어내는 작업이 필요했는데, 단순 작업이었지만 엄청난 노동량을 필요로 했다. 멤버들이 주말에 나와서 많은 손을 보탰다. 달라붙은 도배지의 잔해를 최대한 긁었다면 이제 칠을 할 차례다. 우선 색을 정해야 되는데 특정 색을 골랐다고 해도 종류가 10가지가 넘기 때문에 정확한 색 넘버를 정해야 했다. 상당히 고민되는 일이었다. 막상 칠하면 느낌이 다른 경우도 많아 보통 3가지 색을 사 현장에서 조색을 해 적합한 색을 찾아야 했다. 더구나 나는 얼룩얼룩한 콘크리트 느낌이 나는 벽을 원했는데 블로그와 유튜브를 뒤져보니 그런 색을 내려면 여러 색을 부분 부분 덧칠해 자연스러운 느낌을 내야 했다. 원했던 느낌을 만들기 위해 7번이나 벽을 칠했다. 역시 멤버들이 큰 힘이 됐다.

하지만 무엇보다 멤버들이 가장 쉽게 잘할 수 있는 건 청소였다. 뭐가 됐건 한 사람의 판단이 필요했다. "현우야 이거, 여기까지 다 칠할까?" 멤버들은 수시로 나에게 물었다. "나도

몰라. 이 새×들아….”라고 하고 싶었지만 그럴 수는 없으니 미리 공부해 판단할 근거를 마련해오는 수밖에. 이에 비해 청소는 참 간단하고 쉬운 일이었다. 누구도 나에게 “여기 청소해?”라는 질문을 하지 않았다. 그냥 치우면 되는 것이다. 공사를 하며 끊임없이 먼지가 나왔기 때문에 늘 청소할 거리가 있었다. 톱밥, 각종 자재 등으로 뒤덮인 현장은 늘 엉망이었는데 주말마다 멤버들이 나와 수시로 청소를 했다. 청소는 어떠한 이견이나 논쟁이 필요 없는, 가장 신성한 노동이었다. 모두 한마음이 되어 즐겁게 청소를 했다.

공사가 절반쯤 진행됐던 날이었던가. 누군가의 제안에 따라 물청소로 하기로 했다. 여전히 바닥 곳곳에 묵은 먼지가 있어서 물청소를 하면 시원할 것 같았다. 1층 수돗가에서 파란 호스를 끌어와 이리저리 물을 뿌리는데 한여름이라 그런지 역시 또 신이 났다. 아이들처럼 서로에게 물을 뿌리기도 하고 깔깔대며 물청소를 하는데 마치 영화 속 한 장면처럼 정겨웠다. 다 큰 남자들만 10명이서 엉켜 있는 장면이라 조금 낯설기는 했지만. 가게에 쌓여 있던 검은 먼지들은 검은 물줄기가 되어 계단을 타고 1층 하수구로 시원하게 내려갔다. 시원하고 깔끔해진 기분으로 가게를 나섰다. 그리고는 역시 또 술을 잔뜩 먹고 앞으로의 계획과 미래에 대해 실컷 떠든 뒤 흩어졌다. 다음 날 아침, 술에 취해 자고 있는데 전화가 왔다. 1층 박 사장님이었다.

"자네들 주말에 위에서 뭘 한 거야! 지금 1층에 물이 흘러서 난리가 났어! 기계에 물 들어간 거 같은데 이거 어쩔 거야?"

어제 어떤 새×가 물청소를 하자고 했지….

바닥

카페나 레스토랑을 다니면서 바닥을 들여다본 적이 몇 번이나 있었던가. 공사를 하면서 이상하게 바닥에 꽂혔다. 인테리어 책과 인터넷을 너무 많이 뒤진 탓일지도 모르겠다. 셀프 시공의 완성은 바닥이구나! 여러 가지 시공 중에 에폭시*를 택했다. 이곳저곳 다니며 살펴본 결과 우리 콘셉트에 맞는 건 에폭시였다. 은은한 광이 돌아 빤득빤득하고 빈티지한 질감이 눈을 사로잡았다. 마음에 드는 바닥을 사진으로 찍어 작은아버지에게 보여줬다. 늘 그렇듯이 이까짓 것 별 거 아니라

* 시멘트 바닥에 에폭시라는 재료를 부어 코팅한 바닥. 지하 주차장에서 볼 수 있는 초록색 바닥이 바로 에폭시인데, 빈티지한 느낌을 내고 싶어 하는 카페나 술집에서도 많이 쓴다.

며, 3일이면 끝난다고 장담하셨고 너무 쉽게 그의 자신 있는 말을 믿어버렸다. 결과는 참담했다. 전혀 예상하지 못한 엉뚱한 색이 나왔다. 그동안 다양한 실수와 사고가 있긴 했다만 이거야말로 대형 사고였다. 이때부터 작은아버지는 연락이 잘 안 되고 현장에 오시지 않더니 곧 완전히 소식이 끊겼다. 잔금을 다 치르는 게 아니었는데…. 에폭시는 시멘트를 올리고 다른 제품을 바르는 등 복잡한 과정이 있는데, 다 생략하고 무작정 페인트를 부어버린 게 화근이었다. 이대로 가자는 멤버도 있었지만 우기고 설득하고 고집을 피워, 다시 하기로 결론을 내렸다. 제대로 안 하면 평생 이 바닥을 걷게 될 게 뻔했다. 가구들을 다 들이고 나면 그땐 하고 싶어도 못 한다. 이왕 밀린 일정, 바닥만큼은 확실한 결과물을 뽑아내고 싶었다.

아직 더위가 다 가시지 않은 9월이었다. 골목에서부터 페인트 포대를 끌어 2층 계단을 오르는데 땀이 비 오듯 흘렀다. 사실 몸 쓰는 일을 별로 안 좋아한다. 그나마 드라마 일을 하면서 몸을 좀 쓰기는 했는데 그렇다고 현장에서 삽으로 시멘트를 개어가며 미장을 하진 않았으니, 정말 그런 중노동이 따로 없었다. 일정이 급해 평일에 시작했고 내 옆엔 현이 형 한 명뿐이었다. 쾅 하고 시멘트 포대를 바닥에 내려놓을 때마다 시멘트 가루가 뽀얗게 날렸다. 아, 이거 몸에 안 좋을 텐데…. 쾅! 또 하나를 내려놓자 멤버들이 생각났다. 바닥이 뭐가 중요해? 어차피 테이블이랑 의자 놓으면 잘 보이지도 않을 텐데. 그래, 그들이 옳았을지도 모르겠다. 세 번째 쾅- 내가 왜 이 일을 하게 됐지? 근본적인 의문이 스쳤다. 나르고, 바르고, 말리고, 그 위에 또 뭘 바르고. 그렇게 꼬박 일주일을 했다. 만신창이가 되어 마지막 재료를 바르고 사진을 찍었는데, 벌써 느낌이 딱 왔다. '아, 그래. 이거네.' 내가 찾던 그 영롱한 빈티지 바닥. 속이 그렇게 후련할 수가 없었다. 회사 일은 도무지 내가 한 노동에 대한 결과가 어떤 것인지 찾기 힘들다. 월급 받고 위에서 시키니까 하긴 하는데, 현장을 뛰어다니면서 흘리는 땀방울이 정말 시청률로 연결되는 게 맞는 것인지. 그래서 내가 정말 사람들에게 즐거움을 전하고 있는 것인지. 아니면 그냥 사장님 배만 불리는 것인지. 거대한 조직 속에선 알 길이 없다. 하지만 바닥 공사는 정말 내가 원해서 내 취향대로 뽑아 낸 것이었고, 결과물은 꽤 만족스러웠으며, 내가 만족한 만큼 바닥을 밟을 손님들도 알게 모르게 이 공간의 아늑함을 느끼리라는 확신이 있었다.

  바닥 공사 마지막 날, 잠시 숨을 돌릴 겸 가게 앞 큰길에 나왔는데 거리에 직장인들이 쏟아져 나오고 있었다. 시계를 보니 6시가 조금 넘은 시각이었다. 아, 퇴근이구나…. 칼퇴한 사람들이라 그런지 다들 얼굴이 밝았다. 옷깃을 스치는 사람들을 물끄러미 바라보는데 페인트가 묻고 땀에 절어 있는 나와 정장을 입은 그들 사이에서 묘한 거리감이 느껴졌다. 왠지 이제 다시는 저 틈바구니 속에 들어갈 일이 없을 것 같아 괜히 쓸쓸해졌다. 그러다 원래도 6시 퇴근길은 거의 경험한 적이 없었다는 것을 깨닫고 나니 더 쓸쓸해졌고, 나는 다시 가게로 돌아갔다.

오늘도 을지로운 / 중고나라

　　골목길이 너무 좁아 차가 들어갈 수 없는 으슥한 곳에
위치한 카페들이 있다. 꼭 1층이 아니고, 잘해야 2층이거나 심
할 경우엔 3층, 4층까지도 간다. 그런 곳에도 테이블, 의자를
비롯해 냉장고 및 각종 주방 집기들이 공간을 가득 메우고 있
다. 마치 처음부터 자리하고 있던 것처럼 뻔뻔한 얼굴로. 도대
체 어떻게 이 많은 집기들을 여기까지 나른 걸까. 궁금하지만
어디까지나 남의 일이다. 그저 난 여유 있게 커피를 홀짝이며,
이곳의 주인되는 양반이 낑낑거리며 집기를 나르는 눈물겨운
모습을 내 멋대로 상상하곤 했는데 그걸, 내가 하고 있었다.

　　냉장고를 들이는 날이었다. 식자재를 사고 음식을 만드는

연습을 하면서 냉장고가 필요했는데, 괜찮은 제품을 사려니 중고도 20~30만 원이 훌쩍 넘어갔다. 아까운 돈이었다. 몇만 원이라도 아낄 수 있는 방식이 없는지 고민하던 차에 마침 호석이가 불쑥 말을 꺼냈다.

"우리 집 냉장고 이번 주에 바꾸기로 했는데, 그거 가지고 올까? 냉장고 15년 정도 되긴 했는데…."

그다음부터는 수월하게 풀렸다. 냉장고 배송팀을 꾸렸고 그중 주현이 형이 지인을 통해 용달차를 빌렸다. 배송 날짜는 주말 회의 때로 잡았다. 거의 모든 멤버들이 가게로 나와 냉장고를 옮겼다. 차가 들어오지 않는 골목길로 집기를 운반하는 특별한 방법이 있었으면 좋았겠지만, 당연히 그런 건 없었다. 사람이 힘으로 해야만 하는 일이었다. 고대 이집트에서 피라미드를 짓기 위해 돌을 나르던 방식과 우리가 냉장고를 나르는 방법이 크게 다르지 않았다. 그나마 1층 인쇄소에 구르마가 있어서 천을 깔고 끌거나 줄을 매달아 잡아당기는 건 피할 수 있었다.

대부분의 가구가 이렇게 마련됐다. 영민이 형은 이사하는 신혼부부가 버린다는 테이블을 받아서 가져왔고, 주현이 형은 전자 오븐을 새로 샀다면서 집에서 쓰던 전자레인지를 선뜻 내놨다. 우리는 모두 넝마꾼이 됐다. 특히 준현이 형이 의외였는데 원체 깔끔하고, 버리고 새로 사는 걸 좋아하는 이 형이 물건을 잘 주워 올 줄은 몰랐다. 형은 중고 테이블을 사러 갔다가 폐업한다는 가게에서 5,000원 주고 선반을 가져오기도 했고, 회사 화장실에 버려진 테이블 조명을 줍기도 했다. 급기야 형은 거래처 창고에 버려져 있던 마네킹을 통째로 들고 와 가게에 비치하기도 했다. (이후 마네킹은 십분의일 마스코트급으로 급속히 자리 잡는다) 이미 공사 초기부터 꾸준히 줍기 시작해 막판엔 프로 넝마꾼으로 거듭난 나는 틈날 때마다 아파트 재활용 수거장을 눈여겨보다가 오래된 장이나 선반이 나오면 차에 실었다. 오래전에 할아버지가 TV를 올려두던 작은 장을 집에서 가져와 역시 중고로 구매한 낡은 앰프를 올려놨다. 찬장을 뒤져 엄마가 잘 쓰지 않는(줄만 알았던) 빈티지 잔들을 조용히 훔치기도 했는데 엄마가 귀신같이 알아채는 바람에 한바탕 난리가 나기도 했다. 하여튼 호석이 어머님 냉장고, 신혼부부 테이블, 회사 조명, 할아버지 장 등 이야기가 담긴 물건들이 가게를 채웠다. 가게는 그야말로 중고나라가 됐다. 지금도 주방엔 가정용 냉장고가 자리 잡고 있다. 어색하게 보일 수도 있지만 가게를 만든 처음 모습 그대로가 우리의 주방이 되었다. 다른 가구들도 마찬가지. 모양과 스타일이 모두 제각각인 가구들이 묘하게 어우러져 마치 하나의 콘셉트를 만들어낸 듯한 모습을 보였다. 만약 여윳돈이 있어 깨끗한 새 냉장고를 놓고 블링블링한 가구와 소품들을 비치했다면 어땠을까. 일은 빠르고 쉬웠겠지만 과연 지금 같은 빈티지한 분위기가 만들어질 수 있었을지는 모르겠다. 우리의 어설픔은 을지로 인쇄소 뒷골목과 절묘하게 하나가 되면서 이곳만의 요상한 풍경을 만들어냈다.

약간 인더스트리얼풍의 / 회색빛이 도는

공사가 거의 마무리되던 날이었다. 청소를 하느라 다들 엉망이 된 옷으로 골목 앞에 둥글게 모여 앉았다. 오늘도 작명 회의다.

멤버1 현우, 네가 생각하는 지금 우리 가게 느낌은 뭐야?

나   음… 약간 인더스트리얼풍의 회색빛이 도는?

멤버1 좋아. 그럼 약간 인더스트리얼풍의 회색빛이 도는. 이건
      어때?

일동   미친놈아!

미치지 않은 사람들도 함께했기에 다행히 약간 인더스트

리얼풍의 회색빛이 도는이라는 긴 이름은 면할 수 있었다. 이름 짓는 게 정말 어려웠다. 누군가는 신중했고 누군가는 대수롭지 않아 했다. "이름이란 건 잘되고 나면 다 좋아 보이는 거야." 명쾌한 결론이 나오기도 했다. 그럼에도 이름 짓기 회의는 계속됐다. 우세한 후보는 '난파선'이었다. 함께 술자리를 가진 지인이 "너넨 참 사공이 여러 명이어서 곧 산으로 갈 기세니 가게 이름으로는 난파선이 딱이다"라고 던진 게 시작이었다. 개인적으로는 별로였는데 이상하게 이 이름을 좋아하는 멤버들이 많았다. 단, 어찌 됐든 부정적인 의미를 갖고 있다는 이유로 2순위를 맴돌았다. 그다음은 '다락'이었다. 역시나는 별로였는데 이상하게 마니아층이 있었다. 이름이 정감 있고 어두컴컴한 우리 장소랑 잘 어울린다는 이유에서였다. 포털에서 다락을 검색하니 술집, 게스트 하우스, 각종 모임 등 온갖 종류의 다락이 다 튀어나와서 탈락. 그 외 을지로1974, 을지상회, 을지로미술관, 공화국, 고물상, 편지 등 다양한 이름들이 난무했다. 심지어 멤버들 이름에 '현' 자가 들어가는 사람이 많다고 해서 현자돌림은 어떠냐는 의견도 있었다. 외부에도 자문을 구했다. 디자인적으로 많은 도움을 준 태형이 형은 공사 막바지의 가게를 한번 둘러보고는 "여기저기 마무

리가 안 된 곳이 많으니 언피니시드 어때? 끝을 내지 않고 영
원히 달린다는 중의적 의미도 있고 말이야."라고 하면서 세련
된 이름을 제안했다. 태형이 형다운 멋진 작명이었지만 영어
는 어딘가 가게와 어울리지 않았다. 1층 인쇄소 아저씨들이
아직도 가게 이름이 없냐며, 대체 여길 뭐라고 불러야 되냐고
놀릴 즈음, 대대적인 회의가 열렸다. 오늘 회의를 하다 죽더라
도 이름을 반드시 짓자는 거국적인 회의였다. 강력한 후보는
기호 1번 난파선, 기호 2번 다락. 여기서 새로운 대안이 나타
나지 않는다면 영락없이 둘 중에 하나가 우리 와인 바의 이름
이 되고 말 상황이었다. 난파선이라…. 조바심이 났지만 머리
가 돌아가지 않았다. 조용히 있던 주현이 형의 입에서 한마디
가 흘러나왔다.

　"열 명이서 월급의 십분의 일씩 모아서 하는 곳이니까, 십
분의일 어때?"

　오, 음? 어감이 이상하다고 생각했지만 새로운 게 등장했
으니 우선 반가웠다. 뒤를 이어 십분의일은 입에 잘 안 붙으니
열에하나는 어떠냐는 말이 나왔고, 그런 식이라면 읽기엔 십

프로가 제일 잘 붙는다는 말도 나왔다. 또다시 치열한 논쟁 끝에 난파선은 어디론가 가라앉았고 십분의일과 열에하나가 막판 경합을 하다 더 많은 득표를 얻은 십분의일이 당선됐다. 그렇게 '십분의일'이라는 이름이 정해졌다. (나는 입에 붙지 않는다는 이유로 끝까지 반대했다)

영업 / 사원

     가게 이름이 입에 붙기 시작한 건 로고를 만들면서부
터다. 와인 잔 안에 십분의 일이 분수(1/10)로 들어 있는 모양
을 연필로 대충 스케치해서 디자이너 태형이 형에게 일러스
트 작업을 부탁했는데, 형이 멋지게 다듬어 그럴싸하게 만들
어줬다. 너무 마음에 들어서 이름까지 애정이 뻗쳤다. 그 기세
로 로고가 새겨진 스티커와 명함도 뽑았다. 명함을 뽑는 가게
는 많지 않은데 회사원 근성이 남아 있어서 그런지, 내 이
름이 들어간 명함이 갖고 싶었다. 명함을 가지고 다니면서 열
심히 영업을 했다. 골목 앞 식당 아주머니한테도 한 장, 건너
편 골뱅이집에도 한 장, 친해진 가게의 카운터에는 아예 명함
한 묶음을 올려놓고 왔다. 가족, 친구, 친구의 친구, 만나는 사

람마다 명함을 건넸다. 와인 한 잔 드릴 테니까 한번 놀러 오세요! 영업을 해본 적이 없었는데 먹고살아야 되니 말이 술술 나왔다. 회사 다닐 때도 명함을 열심히 뿌렸다. 거기에 얼마나 무게가 실려 있었으려나. 모두가 아는 회사 로고 뒤에 웅크리고 있을 뿐이었지, 그 안에 내가 들어 있진 않았다. 명함과 더불어 마음에 들지 않은 드라마 기획안을 돌려야 할 때는 더 작아졌다. 미팅하는 스태프들 앞에서 '아, 그러니까, 이게 제가 직접 만든 건 아니고요….'라고 할 수는 없고. 자신감 있게 명함을 내밀려면 어느 정도 연기가 필요했다.

내가 직접 만든 브랜드로 내 공간을 소개하는 건 여태껏 느껴보지 못한 느낌이었다. 십분의일이라는 이름과 로고를 향한 애정이 샘솟았다. 땀 흘려 만든 공간은 사람들에게 보여줄 만했다.

"분위기 좋고 나름 괜찮은 곳이니까, 놀러 오세요."

이 영업 멘트에는 영혼이 담겨 있었다. 마지막 멤버인 수훈이가 이쯤 들어왔다. 수훈이가 참여하면서 정확히 열 명이

됐다. 이왕 늘어난 거 우리 열 명까지 모아볼까? 했는데 정말 열 명*을 모았다. 멤버도 꽉 찼고, 공간도 거의 완성됐고, 이름도 짓고, 로고도 만들었다. 마음이 든든했다. 회사에서 퇴사할 때까지 마음에 드는 작품을 하지 못했었는데, 나와 멤버들이 스스로 만들어낸 이 드라마는 참 마음에 들었다. 그래서 자발적인 영업 사원이 될 수 있었다. 직접 만든 내 작품을 갖고 이 사람 저 사람을 만나고 다녔던 이때가, 가장 설레고 가장 즐거운 시기였다.

* 우리가 10명이어서 십분의일인 건 아니다.

인쇄소 골목에 숨어 있는 / 나만의 아지트

드라마 〈여우야 뭐하니〉를 보면 해외를 여행하던 천정 명이 집으로 돌아와, 놀리던 지하실을 새로 꾸미는 장면이 있다. 여행 내내 방을 어떻게 꾸밀지 계획이라도 짜둔 것인지 페인트칠을 하는 그의 손놀림엔 망설임이 없다. 마치 즉흥 연기를 펼치는 예술가처럼 붓을 놀려 지하실을 새로운 공간으로 만들어낸다. 그는 온전히 그 시간을 즐기며 순식간에 작업을 마친다. 나에게 인테리어란 딱 그 정도의 무게였다. 붓과 페인트 그리고 자신만의 취향만 있으면 얼마든지 멋진 공간을 만들어낼 수 있는 간단한 일. 하지만 막상 손에 붓과 페인트가 쥐어지자 혼란에 빠졌다. 내가 이렇게 취향이 없는 사람이었나? 머리와 가슴속에 뭔가가 있기는 있는데, 그걸 진짜로 끄

집어내서 칠을 하려니 엄두가 안 났다. 다른 지인들에게 도움을 요청했다. 그림 공부를 하는 친구에게 물어보기도 하고 드라마를 할 때 알게 된 미술팀 스태프까지 불러다 아이디어를 구걸하기도 했다. 하지만 나와 동년배인 그들도 결국 늘 팔로우를 받거나 해오던 사람들이라, 막상 뭐든 할 수 있는 현장에선 뾰족한 수를 내놓지 못했다. 내가 '이렇게 이렇게 벽을 구분해서 칠해보면 어떨까?' 하면 '오오, 괜찮네. 한번 해봐. 일단 해봐야 알지.' 이 정도였다. 애꿎은 평양냉면만 그들 뱃속으로 들어갔다…. 한 친구가 그나마 현실적인 조언을 해줬다.

"잘 모를 땐 다른 가게를 좀 참고해보는 게 어때? 너 카페며 펍이며 여기저기 엄청 많이 다녔잖아."

그래, 벤치마킹. 좋지. 하지만 그것도 쉽지 않았다. 마음에 드는 곳은 많았는데 한 군데를 찍어서 인테리어를 따라 하자니 아무래도 자존심이 상했다. 벤치마킹과 표절의 경계는 어디까지일까. 가게는 여전히 하얀 백지 수준이었는데 내 머릿속은 너무 꽉 차 있었다. 뭐가 되든 일단 해보기로 했다. 더 이상의 고민은, 해보면서 하기로. 결국 짜깁기 대난장파티가 시작됐다. 벽은 어디에서 봤던 느낌으로, 조명은 또 어디 다른 곳에서 봤던 것으로, 전체적으로 인더스트리얼풍으로 하되, 을지로의 빈티지함을 최대한 살리고, 톤은 내가 좋아하는 회색으로…. 이 와중에 다른 멤버들의 의견도 조금씩 더해지다 보니 결국 도저히 정체성을 알 수 없는 기괴한 인테리어가 나와버렸다. 그런데 이상하게 마음에 쏙 들었다.

인테리어가 거의 마무리되고 가구를 들일 때쯤 지인의 지인이 놀러 왔는데, 유럽 레스토랑에서 오래 일해 다방면으로 아는 게 많은 분이었다. 인테리어를 아쉬워하는 나에게 "근데 지금도 나쁘지 않은데요? 베를린에 가면 베를린 호텔이라는, 되게 유명한 바가 있거든요. 여기 약간 그 느낌 나는데."라고 했다. 인더스트리얼 인테리어는 베를린에서 시작됐다는 이야기와 함께. 유럽 선생님이 돌아가고 나서 열심히 구글링을 해서 베를린 호텔을 찾았다. 자꾸 보니까 정말 어딘가 닮은 것 같기도 했다. 아무런 정체성이 없는 것 같았는데 의도치 않게 베를린 감성을 갖게 된 것 같아 잠시 뿌듯했다. 또 하나가 얻어걸렸다. 드라마 속 천정명 같은 예술가적 카리스마를 뿜는 데는 실패했지만. 이후로도 계획 없이 진행되었고 각종 중고

가구들과 주워 온 소품들이 채워지면서 점차 베를린 감성이
아닌 을지로 십분의일 거지 감성을 갖추게 되었다.

2017. 03. 02.

오픈하고 처음으로 인터뷰를 했다.

가게를 한 줄로 표현해달라고 하는데 딱히 할 말이 없었다.

순간 며칠 전 손님이 한 말이 떠올랐다.

와, 여기 무슨 아지트 같네.

독립운동이라도 해야될 것 같은데.*

"음… 인쇄소 골목에 숨어 있는 나만의 아지트?"

"좋은데요!"

자꾸 얻어걸린다.

* 이곳은 원래 일제강점기 때 명동을 방문하는 일본인들을 위한 여관으로
  지어진 건물이라고 한다….

가오픈

2016년 10월, 가오픈을 했다. 주변을 둘러보니 새로 시작하는 가게들 대부분이 가오픈을 하고 있었다. 그런 곳은 대개 겉보기엔 멀쩡한데 막상 뜯어보면 빠진 구석이 있다. 메뉴를 골랐을 때 "아, 그건 아직… 저희가 가오픈 중이어서요." 하며 사장님이 머쓱하게 웃는다. 손님은 자연스럽게 이해심을 갖는 것과 동시에 신상 가게를 찾아왔다는 '힙부심'을 품게 된다. 나도 해보고 싶었다. 잘 못해도 가오픈 중이라는 면죄부를 내밀고 싶었다. 그래서 가격을 4,800원으로 책정한 하우스 와인을 한 잔에 3,000원으로 낮춰 가오픈을 했다.

막상 해보니 꼭 필요한 과정이었다. 모든 일엔 연습이 필요하다. 특히 나는 연습이 많이 필요한 상태였다. 보통 가오픈 중인 가게는 비교적 모양새를 갖춘 곳이 많았지만 우리는 그냥 보기에도 하자가 많았다. 당시 주방은 오픈형이었다. 친구한 명이 와서, 내가 주방에서 허둥지둥하는 걸 보더니 진지하게 얘기했다. "근데 여기를 왜 오픈형으로 한 거야?" 부랴부랴 선반을 놓고 반오픈형으로 개조했다.

대단한 요리랄 건 없었지만 제대로 할 줄 아는 건 짜파게티가 유일했다. 그나마 짜파게티에 올리는 달걀 반숙도 자꾸 터트렸다. 역시 일을 배우는 데는 실전이 최고다. 칼을 쓰는 법, 치즈를 보관하는 법, 와인 잔을 닦는 법 등 전부 가오픈 기간 중에 연마했다. 감사하게도 간간이 몰려와서 와인을 마셔준 지인들이 좋은 연습 상대가 되어줬다. 오만 가지 훈수와 잔소리를 들어야 해서 가끔 괴롭기도 했지만.

가오픈을 하고 처음 손님을 받은 날은 마침 내 생일이었다. 아직 주방에 싱크대가 없어 화장실에서 잔을 닦고 옮기는 중에 한 무리의 사람들이 우르르 왔다. 아는 선배가 지인들을 데리고 온 것이다. 처음 보는 사람들이 많아 가뜩이나 긴장이

됐는데 선배가 케이크까지 사 들고 와 더 긴장이 됐다. 그래도 내가 만든 공간에서 생일 파티를 하다니. 남의 가게에서도 생파를 해본 적이 없는데. 묘한 기분이 들었다. 하필 그날 창을 수리하느라 창틀만 있고 창문이 없었다. 야외나 다름없어 다들 겉옷을 입고 술을 마셨는데(당연히 난방기도 없었다), 그럼에도 모두가 즐겁게 먹고 마시며 내 생일과 가게의 탄생을 축하해줬다. 십분의일은 아직 가오픈이었으니까. 무사히 손님을 치르고 가게를 나서는데 꽤 신이 났다. 장사가 생각보다 어려운 게 아니네. 집에 친구들을 초대했다고 생각하면 되잖아. 내년에는 더 크게 생일 파티를 해야지, 까지 생각하는데 갑자기 섬짓한 기분이 들었다.

'과연 내년에도 여기서 생일을 맞이할 수 있을까…?'

2019. 10. 22.
3년째 여기서 맞이하고 있다.
감사하고 지겹다.
내년엔 다른 데 가야지.

무서운 / 아저씨들

우리가 자리 잡은 '수표로 42-9'는 인쇄소 골목이다. 곳곳에 다양한 종류의 인쇄소들이 있다. 대부분 20~30년의 세월을 자랑한다. 한번은 골목에서 쉬고 있는데 인쇄소 아저씨들이 삼삼오오 나에게 몰려들더니 이것저것 물었다. 왜 이 골목으로 들어왔냐, 음식은 뭘 생각하고 있냐, 안에 화장실은 만들 거냐. 질문지를 준비해둔 듯 아저씨들의 질문은 막힘이 없었다. 작은 골목은 금세 기자 회견장이 됐다. 내가 질문에 일일이 답을 하자 곧 자기들끼리 우리 가게가 성공하기 위한 전략을 내놓으며 갑론을박 토론을 벌였다. 그러더니 결국엔 요즘 젊은 사람들은 워낙 알아서 잘하니 우리가 끼어들 게 없다는 식의 결론을 내고서는 하나둘 각자의 일터로 되돌아가는 것이었다. 을지로 인쇄소 골목에 자리 잡는다고 했을 때 근처 인쇄소를 몇 번 드나들었던 친구가 물었다.

"거기 아저씨들 좀 무섭지 않아?"

아직 잘 모르겠지만, 넥타이 매고 양복 입은 아저씨들보다 훨씬 좋다.

저 / 장사합니다

법을 전공했다. 고3 첫 학기를 시작할 때만 해도 법대 진학은 상상도 해본 적이 없었다. 하지만 전쟁 같은 입시가 지나가고 다음 해 봄이 되었을 땐 수많은 법대생들과 함께 앉아 "전진법학!"을 외치고 있었다. 황당한 전개였지만 한편으로 안도했다. 일단 무사히 대학에 들어왔다는 점에서, 그리고 나보다 더 내 전공을 좋아해주는 주변 어르신들의 격한 리액션이 날 안심시켰다.

"우리나라가 법치 국가잖아. 법이나 세금, 사람이 일단 이런 걸 공부해두면 다 쓸모가 있는 거야!"

태어나서 처음으로 엄마 입에서 '법치 국가'라는 단어를 들었다. 1학년 때부터 방황을 했다. 역시 법이라는 학문은 전혀 몸에 맞지 않았다. 대학 생활도 재밌었고 교양 수업들도 그럭저럭 괜찮았는데 전공 수업만은 도저히 머릿속에 들어오지 않았다. 문과는 일단 가면 다 적응하게 돼 있으니 대학을 보고 지원하라고 했던 고등학교 수학 선생님이 떠올랐다. 그는 틀렸다. 그는 법을 공부해본 적이 없다. 법학을 그냥 적응하기엔 솔직히… 너무 어려웠다.

1학년 1학기 헌법 중간고사. 도무지 답을 적어 내려갈 수 없는 문제가 나왔다. 함께 밤을 샌 옆자리 친구가 20분 만에 백지를 들고 자리에서 일어날 준비를 했다. 머릿속에 담긴 내용은 그나 나나 똑같았지만 백지로 내면 왠지 문제아로 찍힐 것 같았다. 우선 외워둔 목차를 적어 답안지를 채우고 끝에는 교수님께 어필할 수 있는 글을 썼다. '죄송합니다, 교수님. 다음에는 더 열심히 하겠습니다. 저를 버리지 마세요.' 이런 내용이었던 것 같다. 조심스럽게 가방을 메고 도둑처럼 일어나는데 사방에서 따닥따닥 연필 소리가 들렸다. 죄인이 된 기분이었다. 교수님은 우리가 낸 답안을 힐끗 보더니 큰소리로 말했다.

　"이런 친구들은, 그냥 일찌감치 나가서 장사나 하는 게 나아요."

　강의실 문을 열던 나는 답변을 해야 될 것 같아 뒤를 돌아봤다. 교수님을 비롯해 거의 모든 학생들이 날 바라보고 있었다. 나는 고개를 한 번 꾸벅 숙이고 도망치듯 강의실을 빠져나왔다. 그리고 10년 뒤 나는 교수님의 말씀대로 술집 사장이 됐다. 교수님이 아시면 놀라실까, 아니면 본인의 예언대로 장사를 하고 있는 나를 보고 뿌듯해하실까. 그게 궁금하다.

엄마 / 생각

　　가게를 한 지 3개월이 조금 넘었을 때 집에 있는 커피 잔이 탐나 몰래 가게에 가져다 놨다. 며칠 뒤, 본인이 아끼는 예쁜 잔이 없어진 걸 알게 된 엄마가 외쳤다.

　"회사를 다니면 집으로 뭘 자꾸 가지고 오는데, 가게를 하는 것들은 집에서 가게로 뭘 자꾸 가져가!"

　가게 하는 것들 별로 본 적도 없으면서…. 잔은 그 뒤로도 꽤 오랫동안 가게에 있었다.

3부

간판이
없는데
어떻게
오셨어요

첫 / 손님

"우리 이거 이번 달에 300만 원 이상 안 나오면 진짜 진지하게 생각해봐야 된다."

준현이 형이 진지하게 운을 뗐다. 이런 말이 나오게 된 이유가 있다. 오픈한 지 4일째. 월, 화, 수, 목 4일 내내 단 한 명의 손님도 없었다. 단 한 명도. 누가 지나가다가 잠깐 들어오기라도 했으면 좋았을 텐데. 참, 여긴 지나가다 들어올 수 있는 곳이 아니지. 막다른 골목 제일 안쪽에 있어 지나가려야 지나갈 수가 없다. 그 많던 지인들은 다 어디로 간 걸까? 지난 주말 오픈 파티 때 가게를 가득 메웠던 지인들은 다음 날이라도 친구들을 데리고 올 것 같았지만 이번 주는 아니었나 보다. 백수가 제일 바쁘다고, 할 일은 많았다. 빈 홀과 테이블을 매일 쓸고 닦고, 소품을 이리 놓았다가 저리 놓았다가, 벽이나 선반에 페인트를 덧칠하기도 했다. 무언가 해야겠다는 마음에 할 일을 찾아 꾸준히 움직이긴 했지만 역시나 본업은 술과 음식을 파는 일이다. 하얀 포스 속 달력에 며칠째 0원이라고 찍혀 있는 게 신경 쓰이지 않을 수 없었다. 그날은 금요일이었고, 하필 또 비가 왔다. 장사를 하면 날씨에 민감해진다는 것을 알았다. 날이 더운데 손님이 안 오면 어쩌지? 날이 추운데 손님이 올까? 날이 좋으니 다 밖으로 놀러 갔겠군. 생각의 합리화는 끝이 없다. 누구도 함부로 조정할 수 없는 날씨라는 존재는 써먹기 딱 좋은 합리화의 근거다. 예보에도 없던 겨울비가 주룩주룩 내렸다. 머릿속엔 오늘도 글렀다, 일주일째 0원, 300만 원 이상 안 나오면 다시 생각해봐야 한다는 문장들이 떠다녔다. 비 오는 창밖을 보며 생각에 잠겨 있는데, 갑자기 문이 열리더니 웬 여자 한 분이 머리를 안쪽으로 쓱 내밀었다. "여기… 영업하시는 건가요? 들어가도 되나요?"

　　첫 손님이었다.

첫 / 손님 2

　　첫 손님은 여자 한 분 그리고 아마 남자 친구가 아닐까
싶은 같은 또래 남자 한 분 그렇게 두 사람이었다. 첫 손님을
맞이한 느낌은 기쁨과 환희, 설렘보다는 의아함이 먼저였다.
아니 여기를? 왜? 어떻게? 어쨌든 그들은 십분의일을 찾은 최
초의 손님이었다. 최대한 침착하게 자리를 안내하고 아무 일
없다는 듯 첫 주문을 받았다.

　　"와인 이거 한 병이랑 꿀치즈 주세요!"

　　본격적으로 긴장이 됐다. 하지만 이미 가오픈 때부터 여
러 번 시뮬레이션을 돌렸다. 주변 지인들을 상대로, 그들과 함

게 온 지인의 지인에게도. 무엇보다 9명의 백종원이나 다름없는 멤버들에게 여러 번 와인 서빙과 음식을 선보인 뒤였다. 자신 있었다. 먼저 와인과 기본 안주를 무사히 내고, 그릇을 꺼내 꿀치즈를 준비했다. 꿀을 뿌리고 체더치즈를 곱게 썰어서 꿀 위에 착착착 올려놓는다. 그리고 냉장고에서 깻잎을 꺼내 씻어서 썰고 치즈 위에 올리면 되는데… 올리면 되는데 헐, 깻잎이 없었다. 정확히는 없는 게 아니고 시들어버렸다. 손님이 없는 나흘 동안 깻잎은 냉장고 안에서 쓸쓸히 죽어가고 있던 것이다. 그 누구의 손길도 받지 못한 채. 꿀치즈는 꿀과 치즈 그리고 잘게 썬 깻잎을 올려 와사비에 찍어 먹는 이상하지만, 꽤 맛있는 와인 안주다. 이름은 꿀치즈지만 깻잎의 역할이 크다. 깻잎이 없는 꿀치즈는 옷을 안 입은 거나 마찬가지다. 첫 손님부터 벌거숭이 안주를 내놓을 순 없는 노릇이었다. 어쩌지…. 다른 안주를 권해볼까. 하지만 첫 주문부터 재료가 없다고 다른 메뉴를 권하는 건 역시 좀 아니라는 생각이 들었다. 그래, 깻잎을 찾자. 머리를 굴리기 시작했다. 주변에서 유일하게 깻잎을 살 수 있는 재래시장인 인현시장은 왕복 15분 거리에 있다. 너무 긴 시간이다. 문득 떠오른 생각. 나는 시장으로 향하는 대신 큰길 건너편에 있는 감자탕집으로 향했다.

"저… 이 앞에 새로 연 와인 집인데요. 죄송한데 혹시 깻잎 좀 얻어 갈 수 있을까요?"

날 물끄러미 바라보던 아주머니는 대답 대신 대뜸 주방에 대고 "여기 이 총각한테 깻잎 좀 내줘~" 하시더니 "얼마나 필요해요? 근데 와인 집에서 깻잎을 어디다 쓴대?" 하고 물었다. 망할 놈의 꿀치즈를 설명할 수 없었던 나는 "장식이요. 안주 나갈 때 장식하려고요. 하하하." 하고 웃었다. 나도 웃고 영문 모르는 아주머니도 웃고. 우여곡절 끝에 와인과 음식을 모두 서빙한 나는 조심스럽게 손님들의 대화에 귀를 기울였다.

"와, 여기 되게 아지트 같다."
"어떻게 이런 곳에 가게가 있지."
"먹어봐, 특이하고 맛있어."

갑자기 마음이 안정되었다. 멤버들에게도 첫 손님이 왔다는 빅뉴스를 전했다.

멤버1   진짜 손님이야?

멤버2　친구 아니고 진짜 모르는 사람?

멤버3　어떻게 온 건데. 왜 왔어.

멤버4　사진 좀 찍어봐, 사진.

사진을 찍으라니…. 그만큼 첫 손님의 등장은 모두에게 파격적이었고 멤버들은 당장이라도 카톡방 안에서 튀어나올 것처럼 와글와글했다. 다시 맨 처음 들었던 궁금증. 도대체 그들은 어떻게 여기에 오게 된 걸까. 다행히 첫 손님은 적극적이고 붙임성 있는 분들이었다. 와인 한 병과 안주를 다 비운 그들은 카운터에서 눈치만 보고 있는 나에게 먼저 말을 걸었다.

첫 손님　여기 너무 아지트 같고 좋아요. 언제 오픈하셨어요?

나　　　　저희 이제 오픈한 지 4일 됐어요. 첫 손님이세요.

첫 손님　에?

첫 손님은 미술을 전공했고 졸업 작품을 맡기느라 가끔 을지로에 왔다. 오늘도 일이 있어 을지로에 들렀다가 혹시나 하는 마음에 '을지로 와인'을 검색했다고 한다. 마침 포털에서 제공하는 '새로 오픈했어요'라는 코너에 십분의일이 떴고, 그들은 어렵사리 가게를 찾아낸 것이다.

"분위기가 너무 좋아요. 대박 나세요. 저희 다음에 또 올게요."

대박 나세요. 나는 어디에 가서 누군가의 대박을 빌어준 적이 있었던가. 그들은 (내 기억으로는) 다시 오지 않았지만 당시 그들이 했던 말, 말투, 표정, 비가 오는 바람에 편의점에서 급하게 사온 듯한 비닐우산조차도 아직까지 기억 속에 남아 있다. 첫 손님의 추억은 강렬했다. 어떤 이유에서든 그들이 이곳의 문을 열고 들어온 것, 내가 내놓은 술과 음식을 먹은 것, 짧게나마 건넨 몇 마디의 말 등이 막 장사를 시작한 초보 사장에겐 큰 힘이 됐다. 첫 손님이여, 어디서 무얼 하시는지는 모르지만 대박 나시길 기원합니다.

2018. 11. 30.
요즘 들어 자꾸 손님들의 얼굴이 기억나지 않는다.
그 사람이 그 사람 같다.

스티커를 / 이렇게 이렇게 떼서

무역 회사에서 일하는 상사 맨 영민이 형은 디자인에 관해서는 디귿 자도 모르는 문외한이다. 다 함께 내부 인테리어 회의를 하는 날이었다. 광고 쪽에서 일하는 멤버가 운을 뗐다. "우리가 모든 걸 정하고 갈 수는 없어도 기본적인 톤앤매너 정도는 정하고 가야 된다고 생각해." 몇 번의 말이 오가고 잠깐 동안 말이 없던 영민이 형이 말했다.

"아니, 근데 얘네 되게 어려운 말 쓰네. 톤은 대강 알겠는데 매너는 뭔데? 너네 너무 매너 없는 거 아냐? 내가 진짜 매너 없는 게 뭔지 보여줘?"

　다들 웃기만 하고 막상 톤앤매너에서 매너를 딱 부러지게 설명할 수 있는 사람이 없었다.

　"잘 알지도 못하면서…. 좋아. 우리는 오늘부터 매너는 없는 거야. 매너 없이 갈 거야."

　또 한번은 화장실 문을 버건디 색으로 칠하자는 의견이 나왔다. 그러자 영민이 형이 재등장한다.

　"아니…. 버건디는 또 뭔데. 빨간색, 보라색, 자주색까지 알겠는데 버건디, 너네 설명해봐."

　이게 또 설명을 하자니 애매하다. "잘 모르면서 왜 그러는 건디, 버건디!" 한동안 카톡방에서는 "나한테 왜 그러는 건디 버건디.", "오늘은 뭐 하자는 건디 버건디." 이런 이상한 드립이 난무했다. 비록 용어에는 약했지만 사실 영민이 형에겐 알 수 없는 감이 있었다. 벽에 페인트를 칠하고 애매해서 고민하고 있으면 어디선가 나타나서 "내 생각엔 말이야…. 그냥 이쪽까지 다 이렇게 이렇게 칠해보는 건 어때?" 하고 사라졌다. 그렇게 해보니 과연 괜찮았다. 이런 경우가 여러 번 있었다. 오픈하고 며칠 지나지 않은 12월이었다. 영민이 형이 불쑥 가게에 왔다. 이런저런 잔소리와 재미있는 이야기들이 오간 뒤 집에 가는 그를 배웅하기 위해 1층 현관에 내려왔다. 그때 또 형이 불쑥 이야기를 했다. "여기 문에 이 스티커 말이야… 이거를 이렇게 이렇게 떼서 와인 뭐, 이렇게 붙여보면 좀 괜찮지 않으려나?" 그러고 갔다.

오래된 1층 현관문엔 처음 들어올 때 모습 그대로, 옛 흔적을 보여주는 [기획 편집 옵션 디자인 각종인쇄] 이런 스티커가 붙어 있었다. 문은 공사할 때 워낙 이리저리 치이다 보니 유리에 금이 가기도 하고 한쪽 문은 이음쇠가 나가기도 하고, 꼴이 말이 아니었다. 그래서 아예 다니기 편하게 문을 없애자는 의견도 있었다. 1층 인쇄소 아저씨들도 문은 딱히 쓸데도 없는데 그냥 없애라고 권했다. 하지만 문이 없으면 너무 허전할 것 같았다. 문이 참 빈티지하게 생겼는데 이거 잘 살리면 을지로의 명물이 될 것 같은데… 하는 생각은 당연히 못 했다. 붙어 있는 문을 굳이 떼서 버린다는 것 자체가 싫었다. 철문을 어느 세월에 떼서 버린담. 그래도 나름 현관인데 문을 열고 들어오는 게 그럴싸하게 보이기도 하고. 대개 잘사는 집들은 문이 여러 개 있다. 그런데 영민이 형의 말을 들으니 머릿속에 그려지는 게 있었다. 마침 손님이 없는 날이었다. 가위를 챙겨 내려왔다. 원래 붙어 있던 스티커를 살살 떼어냈다. 그리고 즉흥적으로 수술을 시작했다. 우선 [디자인]을 [와인]으로 바꿨다. 다 건드릴 필요도 없고 귀찮기도 해서 '인'은 그대로 두고 [디]를 떼서 [와]로 바꿨다. [ㅇ]은 [옵션]에서 뗐다. [기획]은 [커피]로 [각종인쇄]는 [각종안주]로 바꿨다. 기존 스티커에서 찾을 수 없는 자음과 모음은 종이를 오려서 만들고 매직으로 색칠해 붙였다. 남은 자리엔 십분의일을 만들어 붙여볼까 하다가 식상하다는 생각이 들었다. 그때 며칠 전에 왔던 손님이 던진 말이 생각났다.

"여기 혹시 소주는 없어요?"
"네…. 하하."
"에이, 이상하네. 여긴 왠지 소주 팔 거 같은데."

후후. 그렇게 생기긴 했지만 여기는 커피와 맥주 그리고 와인을 파는 고상한 와인 바란 말입니다. 소주는 없어요! 문득 그때 삼킨 말이 생각났다. 마지막 스티커를 만들어 붙였다. [소주 없음]. 한참을 오려 붙이기에 심취해 있는데 1층 인쇄소 아저씨가 보더니 심드렁하게 한마디를 던졌다.

"오호… 근데 그게 언제까지 붙어 있을까요? 비 오고 바람 불면 금방 떨어질 거 같은데."

오호… 그러네요. 투명 테이프를 가지고 내려와 덕지덕지 코팅을 했다. 그렇게 붙이고 나니 살짝 윤기도 도는 게 보기에도 훨씬 나았다. 테이프 덕인지 지금까지 스티커는 한 번도 떨어지지 않고 잘 붙어 있다. 사람들이 툭툭 던진 몇 마디의 말이 합쳐져 십분의일 현관문이 탄생했다. 현관문은 간판이 없는 우리 가게의 간판이 되어주었고 겨울엔 외풍을 막아주는 진짜 문이기도 했고, 간혹 손님들의 포토 존이 되기도 했다. 낡고 걸리적거린다고 해서 문을 떼어 버렸으면 어떻게 됐을까. 역시 뭐든 두고 보면 다 쓰임이 있다니까.

인쇄소 / 골목이니까

종이로 가게를 꾸미고 싶었다. 콘셉트가 확실해야 하는 시대 아닌가. 인쇄소 골목에 있는 가게답게 종이로 꾸미면 좋겠다는 생각이 들었다. 마침 아래층 인쇄소에선 이름조차 알 수 없는 다양한 폐지들이 매일같이 쏟아져 나왔다. 골목 곳곳에 나 같은 예비 종이 예술가를 위한 재료들이 산더미처럼 쌓여 있었다. 문제는 내가 예술가가 아니라는 것이었다. 복고풍의 오래된 포스터들을 구해 벽에 붙이는 정도가 내가 생각할 수 있는 최선이었다. 검색을 통해 부족한 아이디어를 채워보려 했다. 핀터레스트 같은 이미지 사이트엔 종이로 만든 조명, 종이를 찢어 붙여 만든 조형물 등 일명 페이퍼 아트라는 무시무시한 이름을 가진 작품들만 줄줄이 등장했다. 그런 것들은 오히려 날 주눅 들게 했다. 결국 종이 인테리어를 통해 지역 상권과 연대함과 동시에 어디에도 없는 확고한 콘셉트를 가진 인쇄소 골목 와인 바를 만들겠다는 꿈은 점차 사라졌다. 대신 틈만 나면 인쇄소에 내려가 아저씨들과 시시한 농담을 나누고 그분들이 전해주는 동네 소식(상당히 고급스런 정보가 많고 정확하다)을 들으며 아쉬움을 달랬다.

오픈을 앞둔 어느 날, 누군가 문을 두드렸다. 1층 박 사장님이 손바닥 두 개만 한 크기의 종이를 한 아름 안고 서 있는 게 아닌가.

"개업 선물이야! 메모지."

밑도 끝도 없지만 주신다는 걸 마다할 이유가 없었다. 한 장씩 뜯어 쓸 수 있는 하얀 종이 수십 묶음이 가게로 들어왔다. 깨끗한 새 종이라 쓸만했다. 양은 또 어찌나 많은지 쌓아보니 내 키만큼 되었다. 신이 나 사진을 찍어 멤버들에게 알렸다.

"왜 쓰레기를 받아 왔어." '어리석은 녀석…. 이건 종이를

콘셉트로 한 와인 바를 만들기 위한 기회란 말이다.'라는 생각
까진 미처 하지 못했지만 어찌 됐든 종이가 생겼다는 것이 반
가웠고 그것이 쓰레기가 되지 않도록 열심히 썼다. 문에 간판
을 만들 때 썼고, 안내가 필요한 곳에 메모를 적어 붙이기도
했고, 흔들리는 테이블에 괴어놓기도, 급히 휴지가 필요할 땐
휴지로 쓰기도 했다. 그럼에도 메모지는 쉽게 줄지 않았다. 원
래 메모를 자주 하는 편이다. 카페나 술집에서 사람을 만나 대
화를 할 때도 종종 테이블에 종이와 펜을 둔다. 업무적인 회
의나 미팅이 아니라 좋아하는 사람과 있을 때도 종이에 끄적
거리거나, 그리거나, 필요하면 적은 걸 보여주며 설명을 한다.
다른 사람들은 어떨까. 메모지를 테이블 위에 슬쩍 두었다. 굵
은 유성 매직이나 볼펜들과 함께. 신기하게 손님들은 무언가
를 쓰거나 그렸다. 누가 시킨 것도 아니고 내가 권하지도 않
았는데 말이다. 손님들은 모두 예술가였다. 술에 취해서인가?
작은 메모지는 점점 작품들로 변했다. 종류도 다양했다. 시,
그림, 기하학적 도형, 때로는 가게에 대한 칭찬이나 바라는 점
이 적혀 있을 때도 있어서 날 설레게 했다. 홀로 가게를 마감
하며 손님들이 남기고 간 메모지를 보는 것이 작은 즐거움이
됐다. 이들은 왜 이 멋진 작품을 집으로 가져가지 않고 여기에

두고 가는 것일까? 욕심 많은 나라면 챙겨 가서 집 어딘가에 박아두어 새로운 쓰레기로 만들어냈을 텐데. 덕분에 가게를 종이로 꾸미겠다는 소망을 이루고 말았다. 나는 예술가가 되지 못했지만 와인을 마신 모든 손님들이 나를 대신해 가게를 꾸며줬다.

"사장님, 여기 종이 더 받을 수 있을까요?"

스마트폰을 들고 찰칵찰칵 인증 샷을 찍는 사람들도 좋지만(오늘은 어떤 인증 샷이 올라올까, 두근두근) 종이와 펜을 들고 있는 사람들을 볼 때 괜히 더 기분 좋다.

2018. 11. 14.
큰일 났다. 메모지 이제 다 썼다.

라라랜드

가게 오픈과 동시에 영화 〈라라랜드〉가 개봉했다. 손님들은 하루에도 몇 번씩 라라랜드 노래를 틀어달라며 신청곡을 내밀었다. OST를 틀면 사람들은 갑자기 화제를 바꿔 〈라라랜드〉 이야기를 했다. 영화가 참 좋았다는 한 줄 평부터 주인공 행동에 대한 심리학적 분석까지. 와인 바 전체가 영화 비평장으로 바뀌었다. 이 노래가 아니었다면 저 사람들은 도대체 오늘 여기서 무슨 얘기를 했을까 싶을 정도였다. 나는 좋으나 싫으나 OST를 틀 수밖에 없었다. 문제는 내가 〈라라랜드〉를 보지 않았다는 것. 얼핏얼핏 들려오는 스포일러는 그럭저럭 못 들은 척 무시한다 해도 OST는 어쩔 수 없었다. 들여놓은 지 얼마 안 된 커다란 JBL 스피커가 아주 깨끗한 음질로 한 곡 한 곡 들려줬다. 내용은 모르지만 노래가 어찌나 귀에 착착 감기던지. 한 달을 듣다 보니(낮에 다른 가게를 가도 똑같은 노래가 나왔다) 트랙 순서를 외우는 건 기본, 한 트랙이 끝나고 다음 트랙이 시작하기도 전에 내 귀에서 먼저 노래가 플레이됐다.

사람들이 OST를 좋아하는 이유는 노래가 영화를 기억하게 만들기 때문일 것이다. 나 역시 같은 이유로 OST를 좋아한다. 좋은 영화를 보고 나서 영화 음악을 들으며 영화를 다시 음미하는 일은 삶의 즐거움 중 하나다. 그런데 아직 보지도 않은 영화 음악을 주구장창 들어야 한다니…. 이대로 있을 순 없었다. 12월 말, 나는 영화관으로 향했고 드디어 〈라라랜드〉를 보고야 말았다. 역시, 명불허전! 이름만큼이나 멋진 영화였다. 문제는 영화를 보는 내내 가게가 생각났다는 것이다. 영화 속에서 OST가 울려 퍼질 때마다 가게에서 일어난 일들이 떠올랐다. 영화 내용에 완전히 몰입할 수 없었다. 간신히 남자 주인공이 재즈 바 사장이 되었다는 것에 이입하고는 '그래! 나도 이제 와인 바 사장이야. 열심히 해보자.'라고 다짐했다.

일요일 저녁, 아직 일요일 영업은 하지 않을 때였다. 가게

에서는 멤버 몇몇과 그들의 지인들이 모여 연말 파티를 벌이고 있었다. 잘 놀고 있으려나? 친구를 데리고 가게로 향했다. 영업하지 않는 날에 내 가게를 찾는 일은 꽤 재밌는 일이다. 친구들을 데리고 어두운 가게로 쓱 들어가 불을 밝히고 뒷짐을 진 채 가게를 한 바퀴 둘러보며 "여기가 내가 하는 가게야." 라고 말한다. 혹시나 손님이 찾아와 문을 두드리면 정중한 말투로 "죄송하지만 오늘은 영업하는 날이 아니라서요." 하며 문을 걸어 잠근다. 그러면 친구들은 놀란 표정으로 와− 하면서 날 바라보는 것이다. 이날만큼은 이 모든 허세는 내려 두고, 그저 라라랜드 OST를 들으며 와인을 음미해보고 싶었다. 즐거운 상상을 하며 가게 문을 열었는데, 열자마자 시큼한 와인 냄새가 났다. 가게엔 기타 소리와 함께 이적의 〈걱정말아요 그대〉가 울려 퍼지고 있었다. 술에 취한 지인들의 고성방가와 함께. 대학교 동아리방에서 흔히 볼 수 있는 풍경이 눈앞에 펼쳐졌다. 만취한 그들은 내가 들어오는 것조차 알지 못했다. 바닥엔 온갖 것들이 굴러다니고 있었다. 쓰러진 와인병, 깨진 와인 잔, 흘린 와인 그리고 와인을 마시고 기절한 사람 등등. 아수라장이었다. 로스앤젤레스의 재즈 바는 참 화려하고 낭만적이었는데, 여긴 을지로였고 내 앞에 놓인 건 설거지와 빈 와인병이었다. 따라온 친구가 혀를 끌끌 차며 나를 도왔다. 지금도 라라랜드 OST를 들으면 그때가 생각난다.

2018. 12. 12.

오늘은 뭘 선곡하지.

재즈, 올드 팝, 포크, 클래식….

가게랑 어울리는 노래는 다 틀어본 것 같은데.

아는 / 손님

　　　– 아빠가 친구분들을 데리고 왔다. 안면이 있는 분도 있고 없는 분도 있었다. 와인 잔 6개를 동시에 들고 가 테이블에 놓는데 손이 덜덜 떨렸다. 아빠랑 집에서도 술을 안 마시는데, 아빠 친구 5명과 함께 와인을 마셨다.

　　– 예전 회사 사람들이 우르르 다녀갔다. 친한 선배가 주도한 덕에 선배, 후배, 구박하던 선배, 함께 작업한 작가님까지 다 왔다. 사장이 되어 회사 사람들을 만나면 예전과 다르게 어깨가 쫙 펴질 줄 알았는데 그러지 못했다. 자리가 사람을 만든다고 했는데 아직 튼튼한 자리가 아니어서 그랬는지. 내가 서빙하는 걸 보고 선배 한 명이 "어우, 사장님 고생이 많아

요?" 하는데 어째 더 허리가 숙여졌다. 하필 그날따라 손님이
없었다.

　- 아빠가 자꾸 손님들을 데려온다. 이번엔 오촌 당숙 아저
씨 내외가 왔는데 할머니가 돌아가신 이후로는 명절에도 잘
못 뵙는 친척분이었다. 아빠는 을지로 노포에서 1차를 하고 2
차로 십분의일에 방문하는 것을 기본 코스로 굳힌 것 같다.
얼마 전엔 회사 후배분들을 잔뜩 데리고 왔는데, 내가 아들이
아니고 단골집 사장인 척하는 설정을 하는 바람에 나도 거기
에 맞춰 한참을 연기해야 했다. 쉽지 않은 직업이지만 30년
만에 아빠와 자연스러운 술자리를 가질 수 있다는 것에 의의
를 둔다.

　- 근처에서 일하는 친구들이 자주 온다. 대학 동기 대열이
는 오랜 고생 끝에 공무원 시험에 합격하고 공직에서 일을 하
고 있는데 언젠가부터 자꾸 양반 행세를 한다. 사농공상을 운
운하더니 가게 문 앞에서 "이리 오너라."라고 외치는 바람에
소금을 뿌릴 뻔한 적도 있다. 그래도 이런 친구들이 올 때 마
음이 편하다.

　- 그 외에도 강산이 형 불알친구, 호석이네 형, 영민이 형의 형, 준현이 형 회사 부장님, 수훈이 소모임 친구들, 현수 형 어머님, 동일이 고향 친구들, 준석이 교회 사람들, 알바생의 친구 그리고 그 친구들까지. 정말 많은 사람들을 만났다. 단기간에 사람을 가장 많이 만날 수 있는 직업은 드라마 피디인 줄 알았는데, 그 위에 술집 사장이 있었다. 정확히 하면 열 명이서 운영하는 술집의 사장.

간판이 / 없는데

가끔 손님들이 "간판이 없는데 도대체 다들 어떻게 찾아오는 거예요?"라고 묻는다. 재밌는 건 다들 찾아오셨으면서… 그렇게 묻는다. 하지만 거기다 대고 '지금 오신 것처럼 찾아오셨겠죠. 하하.'라고 할 수는 없어 '글쎄요, 저도 참 신기하네요.'라고 얼버무리고 만다. 간판, 만들고 싶었다. 이 동네 저 동네 돌아다니며 근사한 간판을 보면 사진도 꼬박꼬박 찍었다. 세상엔 참 다양한 간판이 있었다. 네온으로 상호를 써놓은 간판, 시크한 나무 입간판, 황동으로 된 빈티지 간판. 업종을 넘어서 간판은 어디든 있다. 당시엔 네온이 유행이었는데, 나는 황동에 꽂혔다. 그런데 막상 간판을 달려고 하니 몇 가지 의문이 생겼다. 우선 너무 외진 골목이어서 간판을 달아도 발견하기 어려울뿐더러 애초에 지나가다 보고 들어오는 곳은 아니고 지도를 보고 찾아 나서야 하는 곳인데 간판이 소용 있을까. 그리고 무엇보다 다음 이유가 제일 중요했다. 간판을 달 돈이 없었다. 우선 견적이나 받아보기로 했다. 내가 원했던 황동으로 된 소재는 엄두도 못 낼 가격이었고 대안으로 등장한 네온 간판은 보통 40~50만 원 정도였다. 때는 오픈 직전, 10만 원이 아쉬울 때였다. 예산 관리를 나름 한다고 했는데 이상하게 돈을 모아둔 목돈 통장엔 돈이 없었다. 멤버 한 명은 앞으로 목돈 통장이라고 부르지 말고 푼돈이라고 부르라면서 잔고가 적힌 종잇장을 집어 던졌다. 예쁜 소품이나 사고 싶은 잔을 구매하는 건 자연스레 뒤로 밀렸다. 무언가를 구매하는 기준은 운영에 꼭 필요한 것인지 아닌지부터 따지게 됐다. 숟가락이나 포크 정도가 겨우 통과했다. 제 구실을 할 수 있을지 알 수 없는 간판에 남은 푼돈을 몰아줄 순 없는 노릇이었다. 결국 간판은 유야무야됐다.

　간판이 없는데 어떻게 찾아오셨어요? 감히 묻지 못하고 그저 감사할 뿐이다.

우리가 / 해줘야 될 일

정찬영 교수님은 외향부터 범상치 않은 분이다. 가운데 머리숱이 조금 없고 양쪽으로 머리가 삐죽 올라온 은발의 교수님은 영락없이 만화 영화 속에 등장할 법한 괴짜 교수님의 모습이다. 잡티 없는 깨끗한 피부에 동그란 안경이 참 잘 어울리신다. 늘 아이같이 빙글빙글 웃으시는 표정도 참 좋다. 당시 교수님을 지도 교수 삼아 대학원을 다니던 내 친구의 소개로 처음 가게를 찾으셨다. 경영학을 전공한 교수님은 십분의일의 운영 방식을 재밌어하셨다. 그리고 사장이라는 역할을 어려워하는 나에게 "다 학습이라고 생각하세요."라고 말씀하시며 힘이 되어주신 분 중 하나다.

교수님이 친구분들을 잔뜩 데리고 왔다. 같은 학교에 근무하는 교수님들이었는데 전공이 다 달랐다. 늘 그렇듯이 교수님은 나를 지인들에게 소개하셨다. 가게를 마감한 뒤에도 교수님들의 이야기는 끝날 줄 몰랐고 난 강의를 듣는 학생처럼 테이블의 한구석에 앉았다. 왜 시작했는지, 원래 뭘 하던 사람인지, 그래서 지금은 할만한지, 의례적인 자기소개가 끝나기 무섭게 교수님들은 곧바로 강의 모드에 들어갔다. 와인, 경영, 인테리어 등 가게를 소재 삼아 할 수 있는 이야기가 전부 등장했다. 총 네 분이 계셨는데 마침 모두 와인에 일가견이 있는 분들이었다. 교수님들은 와인과 와인 바에 대한 조언을 아끼지 않았다.

"와인 종류가 너무 적어."
"레드는 잔도 이렇게, 좀 더, 확 커야 돼."
"와인 공부를 제대로 해보면 더 좋을 거예요."

나는 예의 바른 제자가 되어 네, 맞습니다, 그래야죠, 감사합니다 등 할 수 있는 리액션은 거의 다 쏟아냈다. 교수님들은 더 신이 나서 외국에서 가봤던 와인 바 묘사를 하는 등 강의

경쟁에 돌입했다. 그러다 몇 번은 견해 차이로 본인들끼리 작은 말다툼이 일어나기도 했다. 다행히 다툼은 길지 않았고 교수님들은 금세 전열을 가다듬고 나를 향한 지식 공세를 펼쳤다. 시간은 어느덧 새벽 2시를 넘겼다. 집중력이 조금씩 떨어지던 중 테이블 끄트머리에 조용히 앉아 계시던 여자 교수님 한 분이 미소를 머금고, 역시 조용히 한마디를 던졌다.

"저기요들, 그만하세요, 이제. 진짜 우리가 해줘야 될 일은요, 여기에 자주 와서 와인을 마셔주는 것뿐이에요."

아쉽게도 그날의 강의는 계속 이어졌지만 지금까지 머릿속에 남은 말은 저 말 하나뿐이다.

짜파게티 / 그리고 계란 치즈

"근데 진짜 짜파게티가 너무 맛있대. 집에서 먹으면 그 맛이 안 난대."

지인을 통해 종종 이런 얘기를 전달받는다. 기분이 좋다가도 마냥 좋지만은 않고, 묘한 기분이 든다. 내가 와인 바 사장이야, 짜파게티집 사장이야? 무엇을 팔지 결정하는 건 늘 쉽지 않았고 짜파게티 역시 순탄치 않았다. 어떤 멤버는 와인 바에서 짜파게티 냄새를 풍기는 것부터가 별로라고 했고, 또 다른 멤버는 짜파게티야말로 한국식 파스타라며 격하게 반기기도 했다. 한편으로 짜파게티는 재미로 넣은 서브 메뉴에 불과하니 팔든 말든 문제가 될 게 없다는 얘기도 있었다.

나에게 짜파게티란 어릴 적부터 아주 좋아했던 음식이자 평소 즐겨 먹는 야식이다. 맛있게 잘 끓일 수 있다는 자부심이 있었다. 면을 알맞게 익히고, 볶고, 치즈와 서니사이드 업 방식으로 부쳐낸 계란프라이를 얹는다. 그리고 파스타 볼에 담고 파슬리를 뿌리고 TV에 나오는 셰프들처럼 그릇 테두리를 깔끔하게 닦아주고…. 이런 셰프 메소드 연습을 여러 번 하다 보니 스스로 심취해, 정말 짜파게티 요리사라도 된 듯 뿌듯함이 느껴지는 것이었다. 게다가 먹는 사람들마다 맛있네, 내가 하는 것보다 낫네, 한마디씩 보태니 괜히 어깨가 올라갔다. 유일하게 자신 있는 요리인 '짜파게티 그리고 계란 치즈'에 정성과 애정을 듬뿍 담아 손님들의 테이블로 나갔다. 가벼운 야식에 불과했던 짜파게티 그리고 계란 치즈는 이른 시간 도착한 손님들의 주린 배를 채우는 식사 메뉴로 자리 잡았다. 자연스레 짜파게티 봉지를 뜯는 게 일상이 됐다. 사실 짜파게티는 은근히 까다로운 요리다. 라면과 달리 중간에 물도 한 번 버리고 소스가 고루 퍼질 수 있도록 웍질*도 해줘야 한다. 잠깐 딴청이라도 피우면 금세 쫄아버리니 만드는 중간에 손님이 와서

* 실제로 웍질을 했다. TV에서 볼 수 있는 요리사의 그것과 거의…비슷하다.

주문이라도 할 때면 바짝 긴장이 된다. 심지어 옆에는 계란프라이가 빠른 속도로 부쳐지고 있다. 짜파게티를 볶다가 주문이 밀리기도 하고 3개를 한 번에 끓이다 물이 졸아버리는 참사를 맞이하기도 하면서, 짜파게티에 쏟았던 초심은 조금씩 사라졌다. 언제부턴가 와인 향보다는 짜파게티 냄새를 더 많이 맡고 있었다. 좋아하는 노래는 싸이월드 배경 음악으로 하는 게 아니라고 했던 옛 친구의 말이 생각났다. 결국 짜파게티 그리고 계란 치즈는 소위 시그니처 메뉴가 됐다. 가끔 몇몇은 짜파게티를 끓이는 방법이 따로 있냐고 묻기도 한다. 감사한 이야기지만 그런 방법은 없다. 나는 이제 웬만해선 짜파게티를 야식으로 먹지 않는다.

짜파게티 / 그리고 계란 치즈 2

　　짜파게티를 주문하면서 조금 우습다고 생각됐는지 괜히 킥킥 웃는 손님들이 있다. "저기요, 짜파게티 품- 하나 주세요." 이런 식이다. 정확한 이유는 알 수 없다. 어떤 날은 손님이 나를 부르더니 "여기 와인 한 병이랑 짜장면 하나 주세요!"라고 했다. 역시 이유는 알 수 없지만 괜히 웃음이 나와 혼자 킥킥 웃고는 직원들에게도 알려주니 직원들도 킥킥킥. 메뉴 하나로 여러 사람을 웃길 수 있다니 그것만으로도 계속 팔 이유가 되겠다는 생각이 든다.

고양이 / 소동

야아아아아옹– 분명히 들었다. 고양이 울음소리. 문제
는 도대체 어디서 들려오는지 알 수가 없다는 것이었다. 밖은
아니다. 가게 어디선가 들리는 게 분명한데 알 수가 없다. 오
후 7시. 오늘따라 손님이 일찍 빠지고 달랑 한 테이블이 있었
다. 서서히 공포에 질리기 시작했다. 십분의일 카톡방에 도움
을 요청했다.

나   가게에 고양이가 있는 것 같아!

멤버1   왜 호들갑이야….

멤버2   형, 고양이 무서워해요? ㅋㅋㅋ

포기하고 가게에 있는 손님들과 얘기해보기로 했다. 마침 한 테이블은 안면이 있는 단골이었다.

나　　저 혹시 고양이 울음소리 들으셨나요?
손님1　어머. 여기 고양이도 키우세요?
손님2　너무 좋아. 대박이다.

손님은 그냥 손님일 뿐이다. 그들은 멤버들만큼이나 나와는 다른 세상에 있다. 개나 고양이, 키우지는 않지만 참 좋아한다. 애정하는 건 아니지만 잘생긴 개나 귀여운 고양이를 만나면 한 번 쓰다듬고, 사진도 찍고, 이름을 물어보기도 하는 정도다. 공포는 상대가 어디 있는지 알 수 없을 때 온다. 무서운 건 고양이가 아니라 도대체 그 고양이가 어디 있는지 알 수가 없다는 것이다. 공포 영화에서 관객을 긴장하게 만드는 건 귀신 자체보다도 분명히 어딘가 있는 것 같은데 언제 튀어나올지 모르는 상황인 것처럼. 오래전 방영된 MBC 납량특집극 〈거미〉는 어떤 범죄 조직이 아프리카에서 들여온 살인 거미가 마치 킬러처럼 사람이 사는 집의 천장이나 화장실로 숨어들어 사람들을 죽인다는 내용이다. 물론 거미가 좀 흉측하게 생기긴 했지만 공포 영화에서 분장을 하고 튀어나오는 살인 마나 괴물들에 비하면 훨씬 작고 귀엽게 생겼다. 그럼에도 드라마가 스릴 있었던 이유는 거미가 워낙 작기 때문에 어디에 어떻게 숨어들지 몰랐기 때문이다. 몰라서 대비할 수 없는 것, 즉 무지가 곧 공포다.

　　고양이는 아주 작은 구멍 하나만 있어도 비집고 들어갈 수 있다고 한다. 십분의일 천장은 나무 골조가 드러나 있는데, 안이 완전히 보이는 곳도 있고 가려져서 보이지 않는 곳도 있다. 특히 주방 쪽이 잘 보이지 않았다. 그 천장 속 어딘가에 고양이가 숨어 있다가 짜파게티 냄새를 맡고 주방을 덮치기라도 한다면 어떻게 되겠는가! 생각이 거기까지 미치자 나는 자리에서 일어나 그 틈을 바라봤다. 놀랍게도 하필 그 순간, 고양이의 뒤태 정확히 엉덩이와 꼬리가 보이는 게 아닌가. 그건 분명히 고양이의 꼬리였다. 개도 아니고 쥐도 아니고 호랑이는 물론 아니었을 것이고, 언젠가 김홍도의 그림에서 본 적 있는 듯한 노란빛의 고양이 꼬리였다. 사람이 너무 놀라면 입도 몸도 움직여지지 않는다. 그대로 굳어 그곳을 응시하며 놀랄 뿐이었다. 고양이는 시선을 느낀 건지 내가 쳐다보는 순간 곧바

로 사라졌다. 패닉이었다. 잠시 상상한 것들이 모두 사실이었다니. 고양이는 천장 속에 숨어서 의기양양하게 내가 주방에서 일하는 걸 지켜봤을지도 모른다. 내가 외출이라도 하면 천장에서 내려와 와인을 꺼내 마실지도 모른다. 혹시 천장 안에서 길을 잃어 죽기라도 한다면? 너무 무서운 일이다. 애드거 앨런 포의 《검은 고양이》가 생각났다. 소설 속에서 주인공이 벽 안에 가둔 게 자신의 아내였던가 아니면 고양이였던가…. 이쯤 되니 멤버들도 내가 처한 상황을 딱하게 여겼다. 아마 보이지 않는 천장 구석에 아주 작은 틈이 있어 들어온 모양인데, 고양이는 워낙 똑똑해서 길을 잃고 죽을 일 같은 건 없으니 걱정하지 않아도 될 거라며 날 안심시켰다. 다행히 고양이도 나만큼이나 놀랐는지 다시 고양이 울음소리는 들을 수 없었다. 하지만 한동안은 무지의 공포에 시달려야 했다. 어쩌면 내가 정말 두려워한 건 고양이도, 고양이가 어디서 튀어나올지 예측할 수 없는 상황도 아닌, 내가 가진 공포를 아무도 공감하지 못한다는 사실 때문이었을지도 모르겠다. 그 이후로 가게에서 고양이를 본 적은 없다. 물론 다른 야생 동물이나 인간이 아닌 것이 안에 들어온 적도 없다.

길 / 찾기

"아~ 지금 어디쯤이세요? 고당기념관이요? 그쪽으로 가시면 안 되고요~ 일단 큰길로 다시 나오신 다음에 지하철 반대 방향 사거리 쪽으로 오시다 보면 '커피가 좋아'라는 카페가 있어요. 그 바로 옆 골목으로 들어오셔서 다시 좌회전을 하면, 네~ 쭉 가시 마시고 바로 좌회전이요. 그러면 막다른 골목이 나오는데…"

가게가 워낙 골목 안쪽에 있어 하루에도 몇 번씩 길을 묻는 전화가 걸려온다. 보통 길을 잃는 패턴이 비슷하기 때문에 안내하는 것도 비슷하다. 처음엔 우물쭈물했지만 곧 훌륭한 내비게이션이 됐다. 하지만 아무리 설명해도 정말 길을 못 찾는 사람도 있다.

> 손님   사장님, 저희 커피가 좋아에 왔는데 도대체 어디에요?
>
> 나   음… 바로 옆에 골목 하나 보이지 않으세요?
>
> 손님   없는데요?
>
> 나   혹시 백병원 앞에 있는 커피가 좋아에 계신가요?
>
> 손님   네.

'커피가 좋아'는 두 개인데, 가게 근처가 아닌 다른 지점에 있었던 것이다. 시간이 흐르자 약간 짜증이 났다. 아무렴, 이것도 못 찾는단 말이야? 내 눈에는 손바닥 보듯 훤한 동네이기에 답답한 마음이 들었다. 도움이 될까 싶어서 가게로 오는 골목 어귀에 이정표를 붙이기도 하고, 인스타그램에 길 찾기 영상을 올리기도 했다. 하지만 못 찾는 사람은 결국 전화기를 든다. 하긴 손 안에 지도와 내비게이션이 모두 들어 있는 세상인데 찾을 수 있었으면 애초에 찾았을 것이다.

망원동에 괜찮은 식당이 있다 해서 친구와 함께 길을 나섰다. 찾기 어려운 골목길은 아니었는데도 초행길이라 한참 헤

맸다. 이쪽에서 꺾는 게 맞는 건가? 지도를 보면 한 블록 더 가야 되는 것 같은데? 길가에서 친구와 스마트폰 속 지도를 한참이나 분석하고도 몇 번을 돌고 돌아 겨우 가게를 찾아낼 수 있었다. 그렇게 찾아낸 가게 문은 굳게 닫혀 있었다. 휴무였다. 분노가 치미는 것과 동시에 다른 생각이 났다. 우리 가게는 여기보다 훨씬 찾기 어려운데…. 가게에 오는 손님들도 나와 같은 기분을 느꼈을까. 나는 괜한 오기에 전화를 걸어 묻지 않고 직접 찾아 나섰다. 가게에 오는 손님들도 다양한 경우가 있었음이 분명하다. 전화를 건 사람, 주변에 물어서 온 사람, 나처럼 오기로 스마트폰을 꼭 쥔 채 모험을 떠난 사람. 그렇게 왔는데 자리가 없어 돌아가거나 하필 휴무여서 애꿎은 가게 문만 바라보다 돌아갔을 수도 있다. 골목 끝에 있는 십분의일로 오는 길은 나에게는 너무나 일상화된 일이지만 다른 사람에게는 처음인 일일 것이다. 역지사지, 처지를 서로 바꾸어 생각함. 초등학교 도덕 시간에 배운 것 같은데 왜 이렇게 현실에선 적용이 어려운 건지. 그럼에도 이기적인 나는 매번 다른 사람 입장에서 생각하지 못할 것 같고, 그냥 이렇게 생각하기로 했다. 전화가 안 오는 것보다 오는 게 낫지 않나. 어찌 됐든 장사를 하는 곳인데 아무도 찾지 않는 것보다 이곳에 오려고 부단히 노력하는 사람들이 있다는 건 분명 좋은 일이고 감사할 일이다. 그래서 나는 오늘도 십분의일로 오는 길을 설명한다.

　"신광문화사요? 하하. 죄송해요. 거긴 제가 모르는 곳이라서요…. 혹시 주변에 다른 큰 건물은 안 보이시나요. 사거리에 보면 커피가 좋아라는 큰 카페가 하나 있는데…."

　2019. 12. 19.

　나　　어디야? 왜 안 와?

　친구　길을 잃었어. 이 골목이 아닌가.

　나　　너 여기 세 번째 오는 거 아냐?

　친구　그땐 낮이었고 지금은 밤이잖아!

　그랬구나. 그때는 낮이었고 지금은 밤이구나….

비가 새서 / 받는 중입니다

을지로엔 오래된 건물이 많다. 내가 있는 건물도 정말 오래됐다. 처음 들어올 때 1층 박 사장님한테 "도대체 여긴 얼마나 오래된 거예요?" 하고 물었는데 박 사장님은 "글쎄, 내가 자유당 때 일까지는 모르지!"라는 오묘한 답변을 남겼다. 여하튼 오래됐다. 그래서 멋스러운 것도 있지만 취약한 것도 많다. 특히 냉난방이 그렇다. 인쇄 사무실로 쓰이던 이곳은 다른 사무실들처럼 천장이 석고 패널로 덮여 있었고 벽에는 얇은 가벽이 한 겹 둘러져 있었다. 높은 천장을 갖고 싶어 그것들을 죄다 걷어버렸는데, 하나를 얻으면 하나를 잃는 법이다. 아름다운 천장과 넓은 공간을 갖게 됐지만 겨울엔 너무 춥고 여름엔 더웠다. 문제는 또 있었다. 초여름이었는데 전날 비가 좀 많이 내렸다. 그치는가 싶더니 오후가 되자 추적추적 또 비가 내렸다. 창가 자리에 앉은 손님이 말을 걸었다. 단골손님이었다.

"사장님, 여기 비 와요."

비 오는 건 알고 있는데…. 잉? 창가로 가보니 천장에서 비가 새고 있었다. 한 방울씩 톡톡. 얼굴에 빗물을 맞았다는 손님은 불쾌해하지도 않고 재밌다는 듯 끅끅 웃고 있었다. 마치 할머니가 운영하는 시골 민박집에 놀러 온 학생처럼. 하지만 주인 할머니의 마음도 편했을까. 좋아하는 것 같았지만 그래도 계속 비를 맞게 둘 수는 없어 자리를 옮겨드리고 천장을 살폈다. 1960~70년대를 배경으로 하는 드라마나 만화를 보면 비 오는 날 물이 새서 식구들이 대야나 밥그릇을 놓고 생활하는 웃지 못할 풍경이 그려질 때가 있다. 에휴, 저런 일도 있구나 싶었는데 그걸 또 내가 하고 있었다. 밥그릇은 없어 와인잔을 가져다 놨다.

다음 날 우레탄 폼을 사서 비가 새는 창가 쪽 천장 틈을 전부 다 메웠다. 효과가 있었는지 한동안 비가 새지 않았다. 오래된 집은 정취가 있지만 그만큼 손이 간다. 그래도 내 손으로 직접 해결하니 뿌듯했다.

몇 주 뒤, 폭우가 내렸다. 비를 좋아하는 편이다. 사람이 기분 좋게 샤워를 하는 것처럼 비가 내리면 도시 전체가 샤워를 하는 듯해서 나도 기분이 좋아진다. 비 오는 날 가게에 있으면 빗물 부딪히는 소리가 들리는데 이 또한 아파트나 일반 주택에선 쉽게 들을 수 없는 귀한 소리다. 그래서 비가 올 때면 손님들도 대화를 멈추고 "와, 이거 비 오는 소리인가 봐" 하며 빗소리에 귀를 기울이기도 한다. 도심 한가운데서 이런 정취를 느낄 수 있는 곳은 흔치 않다. 우산을 쓰고 흥얼흥얼거리며 출근을 했는데 어딘가 느낌이 이상했다. 창가 쪽 바닥이 빙판처럼 반짝이고 있었다. 또 비가 샌 것이다. 저번보다 규모가 컸는데 새는 곳만 5군데는 됐다. 밤사이 계속 내린 폭우에 바닥에 물이 고여 있었고 창가 쪽 램프나 냅킨들은 엉망이 됐다. 지난번 메워둔 폼 사이로 빗물이 줄줄 흘러내리고 있었다. 그래도 영업을 해야 했다. 고인 물을 닦고 비가 떨어지는 자리에 잔, 올리브 통 같은 것들을 가져다 놨다. 벽에는 '비가 새서 비를 받는 중이니 조심해주세요.'라고 메모를 붙였다. 다행인 건 손님들의 반응이었다.

"어머, 여기 비 새나 봐."
"여기 사장님, 진짜 비를 받고 계시네."

　여기는 오래된 건물이니 비가 샐 수도 있다고 스스로의 기대치를 낮추고 왔던 것일까. 손님들은 이 상황을 이상하고 불쾌하게 받아들이기보다 재밌어했다. 그런 손님들을 보면 마음이 놓이고 나도 재밌게 느껴지기도 했지만 사장으로서 마냥 즐길 수는 없는 일이었다. 그 뒤로도 비는 틈틈이 샜고 더 이상 비 오는 날을 즐기지 못했다. 낮에 비가 많이 내리는 날이면 가게 생각이 났고 일찍 출근을 해보면 어김없이 비가 새고 있고 또 청소 도구를 가져와 물을 퍼내고 잔에 물을 받고, 여름 내내 이 패턴이 반복됐다. 결국 여러 번의 밀당 끝에 여름 막바지에 와서야 건물주님이 지붕 공사를 해줬다. 비가 새는 원인은 내부 천장의 문제가 아니라 오래된 건물 지붕이 틀어져 틈이 생긴 탓이었다. 공사를 한 뒤로는 비가 와도 끄떡없다. 나는 다시 비를 즐길 수 있게 됐다. 그런데 이상하게 가끔은 그때가 생각난다. 떨어지는 비를 보며 손님들과 어색하게 웃음을 주고받던 그때, 바닥에 잔뜩 고인 물을 사진으로 찍어 '십분의일 워터파크 개장…'이라고 멤버들에게 전송하던 그때. 오랫동안 을지로에 있다 보니 어느새 을지로 감성이라는 것에 물든 것인지. 하지만 장마철마다 물을 퍼내던 현실을 떠올려보면 다시 고개가 저어진다. 언젠가 또 새로운 가게를 열게 되면 그땐 반드시 신축에서 해야겠다.

2018. 7. 22.

천장이 높고 화려한 카페에 가면

와, 멋있다-보다는

허, 여기 냉난방비 엄청 들겠네.

이런 생각이 먼저 든다.

가게 좀 하다가 할아버지 다 됐다.

분실물

　　물건을 잘 잃어버리는 편이다. 핸드폰, 지갑, 카메라, 가방, 책, 우산 등등 살면서 잃어버릴 수 있는 물건은 모두 잃어버렸었다. 이럴 거면 차라리 물건을 잘 안 들고 다니는, 빈손으로 다니는 스타일이면 좋으련만 그러지도 못한다. 늘 메고 다니는 가방 속엔 지갑, 카드 지갑, 명함 지갑(지갑만 세 종류)을 비롯해 노트북, 충전기, 이어폰, 책 몇 권, 펜, 공책 등 다양한 물건들이 바리바리 담겨 있다.

　　몇 년 전 인도를 여행할 때는 핸드폰을 세 번이나 잃어버렸다. 자이살메르의 가죽 가게에 두고 나온 것을 시작으로, 뭄바이에 있는 스타벅스, 한국으로 오기 전 들렀던 말레이시아까지. 하나의 휴대폰을 잃어버렸다가 찾길 반복했다. 화려한 전력이 있다 보니 물건을 잃어버린 딱한 사람의 마음을 잘 알게 됐다. 가게엔 참 다양한 물건들이 주인을 잃은 채로 남겨진다. 맨정신에도 잃어버리는 게 물건인데 취객들은 오죽하랴. 그나마 핸드폰이나 지갑 같은 건 대부분 후다닥 다시 돌아와 챙긴다. 끝내 남겨지는 물건들은 이어폰, 립밤, 안경, 머플러, 파우치 등등 조금 덜 손이 가는 물건들이다. 그렇다면 손님들이 가장 많이 두고 가는 물건 1위는? 역시 우산이다. 비가 계속 내리는 날이야 모두 우산을 챙겨 나가지만 오다가 그친 날은 어김없이 가게에 우산이 한두 개씩 남아 있다. 아마 다른 가게들도 비슷하지 않을까 싶다. 우산은 잘 찾으러 오지도 않는다. 그래서 가게 한구석엔 늘 우산이 있다. 한번은 가게로 전화가 왔다. 어제 우산을 잃어버렸는데 아마 우리 가게에 둔 것 같다는 전화였다. 잃어버린 우산을 굳이 전화까지 해서 찾는 일은 아무래도 드물어서, 어떤 우산이 가게에 있는지조차 모르고 있었다. 전화를 끊고 살펴보니 우산꽂이에 낯선 우산이 하나 있긴 했다. 조금 화려하게 생기긴 했지만 별로 예쁘지도 않고 고급스러워 보이지도 않는 평범한 우산이었다. 우산을 보관하고 있다고 연락하니 손님은 반색하며 저녁에 당장

들리겠다고 했다. 과연 그 손님은 가게 문을 열기 무섭게 우산을 찾으러 왔는데, 손에는 도넛 한 상자가 들려 있었다. 물건을 찾으러 오면서 이런 걸 사 오는 사람은 처음이었다. 뭘 이런 것까지…라는 표정으로 도넛을 받고 우산을 건네는데 손님이 말했다.

"아, 정말 감사합니다. 저한테는 너무 소중한 우산이어서요."

아…. 가게를 운영하고 다양한 사람들을 만나면서 무엇이든 손님 입장에서 생각하고 상대에 대한 공감 능력을 넓혀가고 있다고 자부했다. 하지만 나는 여전히 내 멋대로 생각하고 판단하는 사람이었다. 내가 물건을 잘 잃어버리니 나 같은 사람들의 마음을 헤아리고 있다고 여겼건만. 안경이나 머플러 같은 물건은 애지중지 카운터에 모셔놓고 주인이 나타나기를 기다렸다. 하지만 우산은 안중에도 없었다. 별로 비싸 보이지도 않았으니까. 나한테는 아무짝에 필요 없는 물건일지라도 상대에게는 정말 소중할 수 있다는 당연한 사실을 놓쳤다. 만약 방치해둔 그 손님의 우산을 다른 사람이 무심결에 집어 가기라도 했으면? 우산을 찾은 손님은 몇 번이나 감사 인사를 하고 돌아갔다. 직원들과 도넛을 우걱우걱 나눠 먹으며 한참이나 멍을 때렸다. 비는 한 방울도 내리지 않는 날이었다.

2016. 9. 15.

인도에서 세 번 잃어버리고 세 번 다시 찾은 나의 갤럭시 S5.

엊그제 문규 형이랑 술 먹고 집에 가는 택시에 두고 내렸다.

전화기는 꺼져 있고 이틀째 연락도 오지 않는다.

그렇게 떠나려고 하다니 결국 이렇게 가네.

4부

구질구질해도
혼자보단
나으니까

총회

우라사와 나오키의 《20세기 소년》 작품을 보면 작중 인물 중 하나인 '친구'와 그의 간부들이 커다란 원탁에 둘러앉아 회의를 하는 모습이 나온다. 초반부 딱히 별 볼 일 없던 그들은 시간이 흐른 뒤 일본 사회를 장악하고 각기 정부 주요 인사가 되어 있다. 일본 후생성 관리였던 한 명은 후생성 장관이, 말단 경찰이던 사람은 경찰청장의 자리에 올라 있는 식이다. (사실 그들은 어마어마한 악당들이다) 이유야 어찌 됐던 그들 나름대로 각자의 분야에서 감투를 하나씩 차지하고 나이 든 모습으로 원탁에 둘러앉아 있는 모습이 어린 나에게는 참 인상적이었다. '자본주의를 넘어서는 새로운 대안 경제를 만들자'라는 우리의 거창한 구호는 가게를 만드는 것보다 사회를 바꿀지도 모를 하나의 혁명이라는 생각이 들게 해 스스로를 흥분케 했다. 우리의 움직임이 장차 사회에 큰 영향력을 끼칠 수 있을 거라 믿었다. 악당은 아니지만 커다란 원탁이 하나 있었으면 좋겠다는 생각을 했다. 모두가 동등하게 둘러앉아 매달 회의를 하는 것이다. 적당히 나이가 든 우리 앞엔 각자 재무, 홍보, 인사 등 파트장임을 알리는 명패가 놓여 있다….

　총회를 하는 날이었다. 원탁 대신 직사각형 모양의 긴 테이블을 뒀다. 당연히 명패는 없다. 테이블 위엔 총회 안건이 적힌 A4 용지가 있다. 출석 보고, 이슈 되새김질, 재무 보고 등 통상적인 체크가 끝나고 본격적인 안건 논의가 시작됐다. 이번 달은 부드럽게 넘어가나 했는데, 역시나. 조금씩 논쟁에 불이 붙나 싶었는데 곧 전쟁터가 됐다. 욕설이 오가고 여러 사람의 오디오가 겹치는데, 그 장면이 느린 화면으로 흘러갔다. 갑자기 회사에서 하던 회의가 생각났다. 지루하고 또 지루하고 너무 긴 회의였지만 큰 분쟁은 없었다. 감독님과 작가님이라는 명확한 두 명의 왕이 있었고 나머지 사람들은 보통 그 둘의 의견을 수정, 보완, 조율 정도만 하는 경우가 많았다. 가끔 두왕의 의견이 대립되어 분위기가 냉랭해질 때도 있지만 돈이 중요한 자본의 세계에선 시간이 곧 돈이기도 했다. 그 돈을 아껴려면 빨리 즐거운 분위기를 되찾아 회의를 끝내고, 각자 위치로 돌아가 글을 쓰고 그 대본으로 드라마를 찍어야 했다. 그러니 시간이 흐르면 어떻게든 해결은 되어 있고 언제 그랬냐는 듯 술잔을 부딪치고 있기 마련이었다.

이곳은 자본의 논리를 내세우는 곳이 아니다. 하지만 대한민국이라는 명실상부한 자본주의 사회 안에서 사업을 한다. 이왕 할 거 수익은 내야 한다. 운영자는 10명이다. 모두가 동등하고 모두에게 발언권이 있다. 마치 국회처럼. 그래, 가끔 이곳은 국회 같았다. 똑똑한 것처럼 보이는 사람들이 모두 똑같이 생긴 배지를 가슴에 달고 한 장소에 정기적으로 모여 서로에게 욕설을 날리고 원래 무슨 얘기를 하려고 했는지도 잠깐 잊었다가 결국엔 결론을 내리고 헤어지는⋯. 여기에도 일종의 성향이 존재해 가치관에 따라 묘하게 파가 나뉘기도 했다. 배지를 달지 않았다는 것만 제외하면 많은 것들이 비슷했다. 다른 점은 국회엔 정당이 있고, 다수당과 소수당이 있다는 것이다. 비슷한 입장을 갖고 함께 뭉쳐 의견을 개진한다. 이곳에선 대부분의 경우 사업장 대표와 그렇지 않은 사람들의 의견이 갈릴 때가 많다. 십분의일에서 월급을 받으며 이 일을 생업으로 삼는 사람과 본업이 따로 있고 한 달에 한 번 정도 가게에 들러 회의만 하는 사람의 입장은 당연히 다를 수밖에 없다. 가치관에 따라 파가 나뉘더라도, 결국엔 사업장 대표와 나머지 멤버들의 대립 구도로 이어진다. 자본주의를 따르는 건 아닌데 가장 자본주의스러운 장사를 하고, 일반 회사보다 훨씬 자유롭고 민주적으로 회의하는데 이상하게 자꾸 목소리가 큰 사람이 말하는 대로 흘러간다. 동등하다고 하지만 형이 있고 동생이 있으니 반말을 하는 사람이 있으면 존대하는 사람이 있고, 문제가 있을 때 형은 동생에게 욕을 해도 동생이 형에게 욕을 할 순 없고. 아무튼 하나로 정의될 수 없는 독특한 풍경이 펼쳐졌고 그 중심에는 늘 내가 있었다.

올리브 / 정치

그러니까 논의는 보통 이런 식으로 전개된다. 메뉴에 올리브를 넣고 싶었다. 원래는 아몬드와 함께 일 인당 한 알씩 서비스 안주로 제공하는 거였는데, 생각보다 올리브를 좋아하는 사람이 많았다. 리필이 되는 건 아니다 보니 손님들이 "올리브만 따로 파시면 안 돼요?" 하는 것이었다. 단골들에겐 서비스로 나가기도 했지만 아예 메뉴에 넣어도 될 것 같았다. 마침 멤버1도 내 생각과 같았다.

나   설마 올리브 팔자고 하는데 반대할 사람 없겠지?

멤버1   당연하지. 먼저 운을 떼면 내가 맞장구를 칠게.

아주 일차원적이고 귀여운 정치 담합이다. 생각지도 못한 변수가 생겼다. 멤버3이 거세게 반대하고 나선 것이다.

멤버3 기본 안주로 나가는 올리브를 왜 팔아?

나 손님들이 좋아해. 그리고 아몬드처럼 리필을 해주진 않으니까 기본 안주라고 하긴 뭐하지.

멤버3 어쨌든 기본 안주잖아. 굳이 메뉴에 올려야 돼?

멤버4 그래, 기본으로 나가던 걸 팔 필요가 있나 싶네.

갑자기 멤버4도 가세했다.

나 글쎄, 손님들도 파는 걸 원한다니까. 그리고 올리브는 기본 안주보단 서비스 개념이야. 서비스 안주랄까.

멤버3 그게 기본 안주지, 뭐야!

멤버4 생각해보니까 서비스 안주가 기본 안주네.

나 아니, 호프집에서 강냉이 퍼주듯 계속 퍼주는 게 아니란 말이야!!

이야기는 점점 산으로 가고 공조를 모의한 멤버1은 온데

간데없다. 그는 격한 논쟁으로 내가 너덜너덜해진 뒤에야 나타났다.

> **멤버1** 끼고 싶지 않은 논쟁이다. 그냥 총회 때 결정하자.

결국 올리브 판매 건은 총회 때 과반수의 동의를 얻어 통과됐다. 하지만 결정이 나기까지 역시 치열한 논리전과 감정 소모가 있었다. 무엇을 위해 이렇게 논쟁하는가. 올리브를 사먹고 싶어 하는 손님들을 위해?

멤버2가 말했다. "세상 모든 게 다 정치야." 그런 걸 안 하려고 이걸 만든 건데…. 어째 여기서 더 많은 정치를 하게 된 것 같다.

복지 / 와인

이번 달부터 모든 멤버들에게 매달 와인 한 병씩을 지
원하는 복지 와인 제도를 시행한다.

– 2017년 3월 총회 회의록 중

주변 / 상인들

을지로의 밤은 적막하다. 을지로는 여전히 인쇄, 타일, 아크릴 같은 가게들이 중심인 곳이다. 그런 가게들은 6시가 되면 불을 끄고 셔터를 내린다. 그러면 골목에 숨어 있는 가게들이 조용히 불을 켜고 영업을 시작한다. 워낙 꼭꼭 숨어 있는 곳이 많아 겉으로 보기엔 티가 나지 않는다. 밤 11~12시, 손님들이 하나둘 자리에서 일어나고 홀로 뒷정리를 할 때면 정말 완전히 혼자가 된 느낌이 든다. 멤버들조차 정적이 흐르는 가게 앞 골목을 보며 "너 혼자 마감하고 나올 때 좀 오싹하겠다."고 말하기도 했다. 오싹함을 느끼진 않았지만 외롭고 쓸쓸한 기분은 종종 느꼈다.

그럴 때 위안이 되어준 사람들이 있다. 근처에서 비슷하게 가게를 운영하는 또래 자영업자들이다. 처음 알게 된 계기는 SNS를 통해서다. 십분의일이 문을 연 당시만 해도 을지로에 우리 같은 가게들이 몇 개 되지 않았다. 인스타그램을 통해 서로를 확인하고 '좋아요'를 주고받았고, 그중 '서울털보', '물결'이라는 가게와 가까워졌다. 나이도 비슷했고 다들 이제 막 시작한 곳들이다 보니 할 얘기가 많았다.

"아, 오늘은 진짜 손님 없었어."
"난 오늘 진짜 바빴는데 매출은 조금밖에 안 나왔더라."
"그때 그 진상들 또 왔어. 개 힘들어."

서울털보는 카레와 생맥주, 소주를 팔았고 물결은 병맥주, 십분의일은 와인을 주로 팔았다. 주력 상품이 조금씩 다르니까 서로 눈치를 볼 것도 없었다. 술집 사장이라는 공통점이 있었기에 모여 앉아 이야기를 나누면 다사다난했던 하루 스트레스가 풀렸다. 먼저 끝난 사람이 아직 마감을 끝내지 못한 가게로 가서 도와줬다. 누가 시키지도 않았는데 테이블에 그릇이 남아 있으면 자연스레 그릇을 주방으로 옮겼다. 늦은 시간

홀로 정리하고 설거지까지 하는 게 보기에는 별 거 아니어도 얼마나 고된 일인지 알고 있었기 때문이다. 집에 가기 아쉬운 날엔 한 가게에 모여 밥을 해 먹고 술을 한잔했다. 보통 일을 하고 쉬어야 하는데 우리는 낮에 먼저 쉬고 밤에 일을 한다. 일을 끝낸 뒤 짧게나마 회포를 푸는 시간이 필요했다. 밥과 술을 먹고도 아쉬운 날엔 가게에서 보드게임을 하거나 불 꺼진 을지로 골목을 돌아다니며 포켓몬 GO 게임을 하기도 했다. 주말에 따로 만나 요즘 핫하다는 가게에 놀러 가기도 했다. 세 명의 사장은 예리한 눈으로 메뉴판을 훑어보고 이러쿵저러쿵 남의 가게 이야기를 했다. 우리는 모두 운영자였지만 한편으로는 손님이기도 했다. 서로 매출을 공개하고 종이를 펴놓고 각자의 영업장이 개선할 점 등을 적는 날도 있었다.

"형, 저번에 보니까 문 앞에서 막 담배 피우고 그러던데 그럼 어떡해."

"야, 너는 앞에 있는 종이 더미 좀 치워. 손님 왔다가 그냥 가겠다."

깔깔 껄껄 웃으며 서로가 지적한 점을 받아들이고 반영했

다. 다들 고만고만했고, 적당히 가난해서 그랬을까 아무런 허물이 없었다. '다 같이 잘돼야 좋은 거야.' 진심으로 서로의 번영을 빌었다.

시간이 흘렀고 을지로도 예전과는 조금 달라졌다. 손님들이 늘었고 가게들이 더 많아졌다. 세 곳의 가게도 형편이 조금씩 나아졌다. 대신 몸이 바빠지고 일이 벅차지더니, 곧 알바 직원이 생겼다. 급기야 나도, 그들도 을지로에 2호점을 준비하기 시작했다. 모두 부쩍 바빠졌다. 서로의 가게에 놀러 갈 시간이 없어졌다. 다들 직원이 있기 때문에 도와주고 말고 할 것도 없었다. 언제부턴가 매출을 언급하는 일이 줄어들더니 거의 이야기하지 않게 됐다. 모르긴 몰라도 아마 다들 처음보다는 벌이가 조금 나아졌을 것이다. '다 같이 잘돼야…'가 어느 정도 실현된 게 분명하다. 그런데 '좋은 거야'는 종종 의문이 든다. 돈을 잘 벌게 됐으니 전보다 기분이 좋고 행복해지는 것이 마땅한데 도대체 무슨 심보인지. 매일같이 마주 앉아 손님이 없다며 서로 한숨 쉬던 때가, 나는 가끔 그립다.

반달

영화 〈범죄와의 전쟁 : 나쁜놈들 전성시대〉를 보면 이런 장면이 나온다. "너 같은 놈을 반달이라고 한다면서? 건달도 아니고 민간인도 아닌 반달." 최익현(최민식)을 취조하는 검사 조범석(곽도원)의 대사다. 영화 속 익현이라는 캐릭터는 정말 조폭이라고 할 수도, 그렇다고 아니라고 하기도 뭐한 애매한 위치다. 익현의 실체를 파악한 담당 검사 범석은 '반달'이라는 신조어를 앞세우며 비아냥거린다. 익현은 건달이 아니고, 사업하는 평범한 시민이라고 항변하지만 조직원들 앞에서 본인에게 제대로 인사하지 않는다고 동생들(?)에게 윽박지르는 그의 모습은 영락없는 조폭이다. 진짜 조폭인 형배(하정우)에게 "대부님이 건달이세요?"라는 질문을 받은 익현

은 잠시 현타가 오는 듯하지만, 이미 익현은 그 세계에서 빠져
나올 수 없다. 생계를 위해 가족들을 위해 자신의 야망을 위
해, 익현은 더욱더 치열하게 반달 생활을 해나간다….

　나는 십분의일을 운영하는 자영업자다. '스스로 경영한다'
라는 뜻에 걸맞게 정해진 업무 시간이 없다. 눈뜨면 일이라는
말이 딱 맞다. 실제로 손님의 문의 전화에 잠에서 깨어나 하루
를 시작할 때도 있다. 낮에는 장을 보고 재고도 관리하고 인스
타그램에 올릴 사진도 찍어야 한다. 운영을 위한 고민은 밤낮
을 가리지 않는다. 전기에 문제가 생기거나 물이라도 새는 날
엔 새벽이고 주말이고 가게로 나가야 된다. 가게 영업시간은
오후 6~12시로 정해져 있지만 실제 업무 시간은 그렇지 않
다. 한편으로 나는 십분의일 운영 주체인 청년아로파에서 월
급을 받는다. 전체 회의에서 정한 일정 금액을 가져간다. 가게
수익이 없던 시절엔 멤버들이 내는 금액으로 내 인건비를 충
당했다. 갑자기 수익이 늘어난다고 해도 내 기본 연봉은 고정
이다. 상황이 이렇다 보니 가게 주변에 있는 자영업자 친구들
을 만나 월세와 인건비 걱정 등을 이야기를 하면 그들은 "넌
근데 월급 받으니까 걱정 없잖아?"라고 한다. 회사 다니는 친

구들을 만나 직장 생활의 고충을 나누는 척하고 있으면 진짜 회사원들은 "넌 자영업자인데 뭐가 걱정이야."라고 툭 뱉는다. 도대체 나는 어디에 끼라는 건지.

을지로 / 예찬

"사장님, 을지로에 왜 인쇄소가 많은지 아세요?"

　단골손님 중 한 명인 강 사장님은 불쑥불쑥 말을 걸어왔다. 밑도 끝도 없이 자꾸 말을 붙이는 그가 귀찮을 때도 있었지만 시간이 흐를수록 정이 붙고 따뜻하게 느껴졌다. 그래서 을지로에 인쇄소가 많은 이유는? 조선 시대에 이곳에 종이를 만드는 주자소*가 있었기 때문이란다. 대박. 신기하다는 생각이 들어 검색을 해봤다. 정확히는 종이를 만드는 게 아니고 활자를 제조하고 책을 만드는 기관이었다. 인쇄소 역시 인쇄

---

* 조선시대 활자의 주조를 담당하던 관청이다.

물을 찍는 곳이지 종이를 만드는 곳은 아니니, 아귀가 딱 맞다. 실제로 을지로3가역과 충무로역 사이에 주자소 터가 있었다. 왜 구청 같은 곳에선 이런 스토리텔링을 활용하지 않는 거지?* 하긴, 을지로는 이미 입소문을 타고 핫한 동네가 되어 굳이 저런 식의 스토리텔링이 필요 없을 수도 있었겠지만. 지리상으로도 을지로는 교통의 요지다. 을지로3가는 종로와 명동 사이에 껴 있다. 조금만 걸으면 청계천이 나오고 남산 방향으로 잠깐 걸으면 명동성당이 나온다. 그럼에도 종로나 명동처럼 너무 북적이진 않아, 좋다. 도심 중의 도심인데 차가 들어가기 힘든 작은 골목길이 많아 지방 소도시나 시골처럼 느껴질 때도 있다. 그래서인지 사람들도 정겹다. 이곳 사람들은 서로에게 관심이 많다. 뭐가 새로 생기는지 혹은 길 건너 냉면집 주인이 왜 바뀐 건지 등 시시콜콜한 소식들을 자주 나눈다. 우리 가게를 찾는 사람들이 길을 잃으면 묻지 않아도 먼저 길을 알려주는 사람들이 여기 인쇄소와 식당의 아저씨, 아주머니들이다. 아마 이분들이 없었으면 젊은 이방인이었던 내가 이 골목 안에서 버티기 어려웠을지도 모른다. 오래된 맛집도 많다.

---

* 2018년 11월부터 서울시는 주자소 터를 시작으로 을지로 충무로 인쇄 골목을 탐방하는 '책거리 투어'를 진행하고 있다.

설렁탕, 순대, 삼겹살, 갈비, 곱창, 냉면 등 한식 하면 떠올릴 수 있는 대표 음식을 파는 곳이 골목골목 자리 잡고 있다. 을지로에만 있는 노포들. 멀리서 친구들이 놀러 와 밥 먹을 곳을 찾으면 어깨를 쭉 펴고 당당히 안내할 수 있다. 을지로는 그런 곳이다.

   을지로도 조금씩 변하고 있다. 인쇄소가 자꾸 없어진다. 인쇄소 사장님들은 경기가 좋으면 인쇄소가 생기고 안 좋으면 카페가 자꾸 생긴다고 했다. 다행히 우리 골목 안에 있는 인쇄소들은 다 그대로 있으니 여긴 잘되네, 싶다가도 다시 생각해보면 우리 가게도 원래 인쇄 사무실이었다. 가게 바로 앞 오피스텔이 지어진 곳도 전엔 전부 인쇄소였다고 한다. 경기가 적당히 유지돼서 인쇄소도 살아남고 분위기 좋은 카페나 술집도 너무 과하지 않게 들어와 함께 가는 건 어려운 걸까. 이러다 지금은 터만 남아 있는 주자소처럼 인쇄소도 터만 남는 것은 아닌지 모르겠다. 거대한 도시 서울 안에 을지로 같은 곳은 흔치 않다. 언젠가 나는 이곳을 떠나겠지만 을지로는 변하지 않고 지금 모습 그대로 남아줬으면 좋겠다.

무리 짓고 싶음에 / 대한 욕구

가게에 학교 후배가 놀러 왔다. 몇 년 만에 보는 반가운 얼굴이었다. 그는 학부를 졸업하고 로스쿨에 다닌다고 했다. 그는 나를 무척이나 신기해했다. "형이 와인 바를 한단 말이지… 와인 바를." 연신 자신의 신기함을 표현하던 그는 무언가 생각났다는 듯 불쑥 말을 꺼냈다.

후배   나는 형이 뭘 해도 이런 식으로 하고 있을 줄 알았어.

나   무슨 말이야?

후배   장사를 해도 사람들이랑 같이 모여서 할 것 같았다고. 형, 그때 생각 안 나? 우리 과방에 모여서 인간의 3대 욕구 얘기하던 날.

기억을 더듬어 보니 그런 적이 있었다.

"인간의 3대 욕구가 뭐라고 생각해?"

늦은 밤 과방에서 열린 때 아닌 토론. 다들 식욕, 성욕까지는 동의를 했는데 다음이 문제였다. 한 녀석이 수면욕을 주장했다. 기사에도 나왔다고 했다. 내 생각은 좀 달랐다.

> 나 수면은 욕구가 아니라 그냥 자연스럽게 하는 거야. 욕구랑 상관없이 때가 되면 자야 된다고. 인간 말고 다른 동물들도 그러잖아.
>
> 친구 그럼 넌 뭐라고 생각하는데?
>
> 나 내 생각엔 말이야…. 인간의 세 번째 욕망은 무리 짓고 싶은 욕구야. 사람들은 다 무리를 짓고 싶어 해. 혼자 있기를 싫어한다고.

어릴 적부터 무인도 소재 이야기를 좋아했다. 초등학교 3학년 사회 교과서에 실린 로빈슨 크루소 이야기를 시작으로(아마 '인간은 사회적 동물이다'는 명제를 설명하기 위함이었던 걸로 기

억한다) 〈캐스트 어웨이〉, 〈블루 라군〉, 〈김씨 표류기〉, 《파리대왕》 등등. 아무도 없는 섬에 고립되어 홀로 살아가는 이야기들. 언제 구조될지 모르는 막막함 속에서 비바람에 맞서고 먹을 물과 식량을 구하고, 어디서 뭐가 튀어나올지도 모르는 상황이 나오는 무인도 영화가 좀비 영화보다 훨씬 더 긴장감을 줬다. 내가 그 상황에 처한다고 상상해보자. 먹고사는 건 해결한다 해도 역경을 헤치는데 아무도 없다면 도대체 어떻게 살아갈 수 있을까. 개라도 한 마리 있다면 다행이겠지만, 대화를 나눌 수 있는 상대가 없는 건 너무 힘든 일이다. 배구공에 사람 얼굴을 그려 넣을 수밖에 없다.

요즘은 무엇이든 혼자 하는 것이 하나의 트렌드가 됐다. 혼자 밥을 먹는 혼밥족이 등장했고 방송도 1인 미디어가 대세다. 서점엔 '혼자여서 좋아요'를 알리는 책들이 즐비하다. 아니, 혼자인 걸 좋아하는 사람들이 이렇게 많았단 말이야? 물론 나도 가끔은 혼자 있는 게 참 좋다. 내가 먹고 싶은 음식을 앞에 두고 편안한 차림새로 보고 싶은 영화나 드라마를 틀어놓고 휴식을 취할 때면 온몸과 마음에 평화가 깃든다. 하지만 나는 기본적으로 다른 사람들과 내가 아는 것을 공유할 때 즐

거움을 느낀다. 취향이 맞는 사람들과 함께 이야기하고 부대
끼는 게 좋다. 그래서 일을 할 때 누군가와 같이 공감하고 의
논하며 결과물을 만들어가는 것이 더 즐겁다.

　십분의일이라는 공간도 공동 작업으로 탄생했다. 의견이
안 맞아 다툴 때도 많았지만 그래도 대부분은 같이 웃고 떠들
고, 참 재밌었다. 그런데… 막상 가게를 오픈하고 보니 이 공
간에서 일을 하고 있는 건 나 혼자였다. 가상의 공간이라고도
볼 수 있는 카톡방 안에서는 모두 옹기종기 모여서 떠들고 있
었지만, 진짜 십분의일 안에서 일을 하고 있는 사람은 나 한
사람뿐이었다. 혼자 불을 켜고 오픈 준비를 하고 손님들을 맞
이하고 음식을 만들고 혼자 밥을 먹고…. 어느새 나는 그렇게
혼자가 됐다. 직원들이 생긴 이후엔 조금 나아졌다. 하지만 감
정적으로 혼자라고 느껴지는 건 크게 다르지 않았다. 어쨌든
사장의 역할을 갖고 있는 건 나 혼자니까. 혼자 일한다고 느끼
는 모든 사람들이 이 글을 보고 조금이나마 위안을 얻기를. 사
장과 바지 사장을 포함해서 말이다.

그해 여름의 / 일

– 아르바이트생이었던 준석이가 멤버로 들어왔다. 대부분의 멤버들이 일도 잘하고 노래도 잘하는 아티스트 준석이를 좋아했다. 나는 적극적으로 준석이를 추천했다. 싹싹한 준석이가 좋기도 했지만 무엇보다 총회에 나와 같은 입장, 사업장 대표 역할을 하는 사람이 있었으면 했기 때문이다. 사진을 찍어 카톡에 보내지 않아도 가게에서 무슨 일이 일어나는지 아는 사람. 마감 후 새벽에 혼자 설거지를 하는 게 얼마나 외로운지 아는 사람이 옆에 있었으면 했다. 8월 총회 및 워크숍에 허준석을 멤버로 받는 안건이 올라왔고, 몇 번의 논의 끝에 만장일치로 준석이를 멤버로 받았다.

— 낮 장사를 해보기로 했다. 메뉴는 쿠반 커피*와 파니니. 이름은 십분의낮이라고 지었다. 준석이가 사장이 되어 운영을 맡았다. 달착지근한 쿠반 커피와 함께 쿠바의 정취를 느낄 수 있게 만든 곳이었는데 사람들은 쿠반 커피보다 아메리카노, 카페라테 그리고 와인을 찾았다. 9월에 시작한 낮 장사는 12월에 영업을 종료했다.

— 여름이 시작될 쯤 어느 언론사에서 만든 카드 뉴스에 소개됐다. 생각보다 파급력이 대단했다. 처음으로 전 테이블이 손님들로 가득 차는 일이 생기더니, 급기야 주말엔 가게에 줄을 서기 시작했다. 멤버들은 도대체 왜 밥집도 아니고 술집에 줄을 서는 거냐며 의아해했다. 갑자기 손님이 늘어나 늘 일손이 부족했다. 나는 다른 생각은 해볼 틈도 없이 매일 녹초가 되어 집으로 돌아와야 했다.

— 8월 어느 주말, 역대 최고 매출을 찍었다. 영민이 형이랑 일하는 날이었는데 둘 다 완전히 지쳐서 장난을 치기도 힘들

---

*   모카 포트로 추출한 진한 에스프레소에 설탕 크림을 올려 만든 진하고
     달달한 쿠바식 커피.

었다. 그래도 좋다고 둘이 하이파이브를 하고 축배를 들었다. 주말마다 멤버들이 번갈아 나와 일을 했는데 무급이었다. 주말 특근은 부족한 일손도 메우고 다른 멤버들도 가게에 나와 함께 일을 해보며 관심을 갖자고 만든 제도다. 나는 늘 가게에 관심을 가지라고 멤버들을 닦달했지만 막상 멤버들이 와서 함께 일을 하면 불편하기도 했다. 멤버1은 정리되지 않은 주방을 지적하며 잔소리를 하거나 내가 꾸며놓은 소품이 마음에 안 든다며 치웠다. 멤버2는 일 때문에 한 달 가까이 가게에 나오지 못하는 바람에 포스를 다루는 것조차 잊어 처음부터 다시 가르쳐야 했다. 자신의 근무일을 잊고 나오지 않는 경우도 간혹 있었다. 주말이기 때문에 그야말로 비상이 걸렸다. 시간이 흐를수록 멤버들이 오는 걸 반기면서도 또 한편으로는 걱정이 되는 딜레마에 빠지게 됐다.

  - 8월 총회에서 사업장 대표 인센티브와 더불어 전 멤버들에 대한 배당 제도가 만들어졌다. 사업장 대표는 매월 영업 이익에 따라 기본급 외에 인센티브를 받게 됐다. 모든 멤버들은 매월 영업 이익의 일정 비율만큼의 배당금을 받게 됐다. 배당은 기여도와 관계없이 엔분의 일이었다.

- 을지로 곳곳에 새로운 카페와 와인 바들이 만들어지고 있다는 소식이 들려왔다. "와인 삼촌, 저 골목 안쪽 솔다방 자리에 또 와인 바가 생긴대.", "파출소 뒤쪽엔 맥줏집이 들어온대." 십분의일 골목 어귀에 있는 골목식당 어머님이 매일같이 소식을 들려주셨다. 12월이 되자 5곳이나 될까 싶었던 을지로 펍이나 바가 20개로 늘었다.

1주년 / 파티

　　오픈을 하고 1년이 지났다. 1주년 파티를 하기로 했다. 무엇을 해야 1주년이 오래오래 기념될 수 있을까? 다양한 의견이 나왔다. 건너편 자주 가는 골뱅이집 아주머니를 비롯해 동네 사람들을 부르자는 의견, 단골손님을 초대하자는 의견, 오픈 때처럼 친구들이나 불러서 놀자는 의견 등등. 하지만 우리가 뭐라고 이런 사람들을 초대하는 걸까. 고작 가게를 오픈하고 1년이 지났을 뿐인데, 너무 관종 행사 아니야? 결국 가족들을 초대하기로 했다. 가족들은 그나마 우리를 귀엽게 봐주고 이해해주지 않을까 해서였다. 실제로 멤버들의 가족들 중엔(우리 엄마를 포함해서) 우리들이 정확히 뭘 하고 있는지 모르는 분들이 많았다.

생각보다 꽤 많은 부모님들이 서른이 넘은 자녀들의 행사
에 참여해주셨다. 강산이 형 아버님, 어머님 두 분이 모두 오
셨다. 처음으로 형의 부모님을 봤다. 영민이 형은 어머님과 형
이 함께 오셨다. 영민이 형 어머님이 영민이 형보다 훨씬 재
밌는 분이라는 걸 알게 됐다. 가족들이 올 여건이 안 되는 사
람들은 여자친구를 초대했다. 그중 몇몇은 이제 곁에 없는 사
람도 있기에 자세한 얘기는 생략. 나는 부모님이 왔다. 회사를
그만두고 술집 사장이 됐다는 사실을 늘 못마땅해하는 엄마
는 이날도 표정이 밝지 않았다. 일찍 도착해 가게를 둘러본 엄마
마는 어두컴컴하고 지저분한 곳은 딱 질색이라며 이런 곳 말
고 큰길가에서 깔끔한 카페를 했다면 내가 좀 도와줄 수도 있
었을 텐데… 하며 혀를 찼다. 그리고 책이나 소품이 늘어져 있
는 십분의일 책상을 보며 네 방 책상을 보는 것 같다며 한숨을
쉬었다.

1주년 파티는 오픈 파티보다 순조롭게 진행됐다. 나와 강
산이 형이 인사말을 하고 총무인 준현이 형이 그동안의 성과
를 그래프로 만들어 멋지게 발표했다. 준석이와 동현이가 함
께 축하 공연을 했고, 참 이날 세환이 형도 참석해 기타를 치

고 노래를 하며 자리를 빛냈다. 진행을 하던 강산이 형이 즉흥적으로 마무리 멘트를 아빠에게 부탁했다. 와인을 한 잔 마신 아빠가 엉거주춤 앞으로 나와 일장 연설을 하는데, 갑자기 돌아가신 할아버지 애기도 나오고 최근에 나랑 싸운 애기도 나왔다. 처음 마주하는 멤버들과 그들의 부모님 앞에서 아빠가 집안 애기를 하는 걸 듣고 있는 이 광경이 너무 신기해서 재밌다가도 한편으로는 부끄러웠는데, 아무래도 후자가 더 커서 계속 초조해했다. 다른 멤버들의 사정도 크게 다르지 않아 보였다. 모두가 가족들을 챙기면서, 동시에 다른 멤버들의 가족들에게 인사를 드리느라 정신이 없었다. 명절도 이런 명절이 없었다. 그나마 참석한 가족들이 담담하게 우리의 학예회를 지켜봤다. 가족들이 모두 떠난 뒤에야 우리끼리 남은 술을 마시며 한숨을 돌렸다. 술이 몇 잔 돌자 누군가 한마디를 뱉었다.

"아, 근데 오늘 진짜 뿌듯하긴 하다."
"그럼 내년에 한 번 더 할까?"
"아니. 다신 안 할 거야."

우리는 모두 동의했다.

에필로그

사장이 여전히 / 열 명 맞습니다

소심하고 겁이 많은 편이다. 이런 내가 장사를 한다고 하면 사람들이 놀란다. 장사라면 모름지기 길거리에 나가서 박수라도 치며 사람들을 돌아볼 수 있게 하는, 그래서 오천 원 짜리 가방을 오만 원에 팔 수 있는 강한 장사꾼 마인드가 있어 야 하는 것 아닌가. 오래전 예능 프로그램에서 유재석이 거리 로 머리띠를 팔러 나갔다가 본전도 못 찾고 돌아온 적이 있다. 철판을 깔고 사람들에게 물건을 팔 성격이 못 됐기 때문이다. 혀를 끌끌 차며 방송을 봤지만 사실 나는 그런 과에 가깝다.

  그랬던 내가 지금은 '자낳괴*'로 불린다. 와인 가격을 전체적으로 저렴하게 해놓은 게 아쉬워 가끔 가격을 올릴 궁리를 하고, 대관 문의가 들어오면 정해놓은 가격은 접어두고 흥정할 생각부터 한다. 다행히 나보다 멀리 내다볼 줄 아는 다른 멤버들이 내가 괴물이 되는 걸 막아주고 있다. 물론 어떤 이는 나를 자극해 순식간에 헐크처럼 폭주하게 만들기도 하지만, 한편으로 그런 나를 어르고 달래 브루스 배너처럼 차분한 하나의 인간으로 돌려놓는 것도 우리 멤버들이다.

  이런 과정의 한가운데 있는 것이 즐겁다. 스트레스를 받기도 하지만 이 모든 과정을 오로지 혼자 했다고 생각하면 과연 무엇이 남았을지 모르겠다. 돈을 더 많이 벌었으려나? 그 역시 의문이다. 내가 헛다리를 짚었는데 다른 멤버들이 더 나은 판단을 내려 잘된 것이 수두룩하다. 결정적으로 모든 걸 내 마음대로 정했다면 '십분의일'이라는 이름의 가게는 세상에 존재하지 않았을 것이다.

---

* 자본주의가 낳은 괴물.

　어떻게 직장 생활을 하다가 창업을 할 생각을 했는지 묻는 분들이 더러 있다. 사업이라기보단 재미있고 새로운 경험이라고 생각했다. 여럿이서 하니까 망해도 완전히 망가지진 않을 것이라는 판단이 있었고, 설령 망하더라도 인생에 무언가 남을 것이라는 확신이 있었다. 그리고 3년이라는 시간이 흘렀고, 생각했던 것 이상으로 많은 것들이 남겨지고 있다.

　십분의일이 생긴 지 1년이 조금 지난 2018년 봄, 바로 옆 건물에 두 번째 가게 '빈집;비어있는집'을 열었다. 십분의일 첫 아르바이트 직원이었다가 아로파 멤버가 된 준석이가 사장이 됐다. 2019년 봄엔 아로파 세 번째 와인 바 '밑술'을, 같은 해 여름엔 네 번째 브랜드인 게스트 하우스 '아무럼 제주'를 만들었다. 막연한 로망처럼 이야기했던 게스트 하우스를 진짜로 운영하게 됐다. 모두 외부의 도움 없이 이루어낸 일이다. 우리는 여전히 여럿이서 함께, 다양한 공간을 만들어가고 있다.

　멤버들에 대한 아쉬움에서 책을 쓰기 시작했는데 글을 쓰며 당시 에피소드들을 하나하나 다시 짚어보니 오히려 고마운 마음이 생겼다. 요즘도 많은 분들이 나에게 묻는다. 정말 열 명이서 계속 같이하세요? 네, 여전히 같이하고 있습니다.

이렇게 대답할 수 있어 감사할 따름이다.

부록
그래서 십분의일은
어떻게 운영되는 곳인가요

청년아로파가 뭔가요?

—

아로파Aropa는 나눔과 협동의 가치를 아우르는 단어로 남태평양 아누타라는 섬에서 일상적으로 쓰고 있는 단어예요. 우리는 다큐멘터리 〈최후의 제국〉에서 이 개념을 접하고 경제공동체 청년아로파를 만들었어요. 십분의일은 청년아로파가 만든 첫 번째 브랜드입니다.

일종의 창업 회사인가요?

—

청년아로파는 저희가 새롭게 만들어낸 개념이기 때문에 주식회사, 사단 법인, 협동조합 등 기존의 조직으로 정의하긴 어렵습니다. 멤버들도 아로파를 바라보는 시각이 조금씩 다르고, 우리만의 정체성을 계속 만들어가는 중이에요. 다만 아로파 정관 총칙을 보면 '청년아로파는 자본주의를 대체할 수 있는 새로운 경제생활공동체 건설을 목표로 한다.'라는 내용이 있어요. 웬만하면 돈보다는 사람 중심으로 생각하고 서로 도와가며 먹고살 수 있는 공동체를 만들고 싶은데, 그러려면 돈이 필요하니 우선 장사를 하게 된 거죠.

청년아로파에 어떻게 들어갈 수 있나요?
—

기존 멤버 중 새 멤버를 추천하고 싶은 사람이 있다면, 총회에서 멤버들에게 새 멤버를 제안합니다. 기존 멤버라면 누구든 자유롭게 제안할 수 있습니다. 새 멤버가 어떤 사람인지 자세히 설명하고 어느 정도 공감대가 형성되면 초대해서 술자리를 갖기도 해요. 그리고 투표를 진행합니다. 새 멤버 가입에 대한 안건은 만장일치로 결정돼요. 그러니까 한 명이라도 반대하면 멤버로 받을 수 없는 거죠.

십분의일이 열 명이어서 십분의일인 건 아니라고 들었습니다.
—

십분의일은 월급의 10%를 월 회비로 내고 있어서 십분의일이라는 가게 이름이 지어진 것이지, 멤버의 숫자와는 관련이 없습니다. 시작 당시 7명이었던 멤버가 가게를 오픈할 땐 10명이 되기도 했었고요. 이후 9명이 되기도 하고, 다시 10명이 되기도 했습니다. 지금은 8명이서 운영을 하고 있습니다.

정말 정확히 월급의 10%를 회비로 내고 있나요?
—

2016년 8월부터 회비를 내기 시작해 지금까지 모든 멤버가 본인 소득(기본급)의 10%를 회비로 내고 있습니다. 회사를 다니는 멤버들은 매년 한 번 본인의 월급 명세서를 공개해요. 프리랜서로 일하는 사람들은 최근 3개월 소득의 평균을 스스로 계산해 회비로 납부합니다. 아예 소득이 없는 백수는 최소 회비 10만 원을 내고 있어요. 몇 년 전까지만 해도 백수가 한두 명 있었는데 다행히(?) 지금은 백수가 없네요.

수익을 어떻게 관리하고 나누고 있는 건가요?
—

매월 총회가 열리기 전 사업장 대표들과 총무가 중심이 되어 월 정산을 합니다. 영업 이익이 나오면 정해진 룰에 따라 그 금액을 나눠요. 우선 절반 정도는 사내 유보금으로 적립하고, 남은 금액의 일부는 사업장 대표들을 위한 인센티브로 지출하고, 또 일부는 멤버들에게 엔분의 일로 배당을 합니다.

본문을 보면 첫 월급이 150만 원이라고 나옵니다. 여전히 월급은 150만 원인가요?

—

그랬으면 진작 그만뒀을지도 모릅니다. 사업장 대표의 연봉은 일 년에 한 번 1월 총회에서 다시 협의하고 새로 책정하는데, 매년 조금씩 오르고 있는 중이에요. 지금은 인센티브, 복리후생비, 명절 상여금 등 다양한 제도가 생겼습니다. 정확히 액수를 공개하긴 부끄럽지만 나쁘지 않습니다.

사업장 대표 외 다른 멤버들은 무슨 일을 하나요?

—

다들 각자 직업이 있습니다. 회사를 다니는 사람도 있고 프리랜서로 일을 하는 멤버들도 있어요. 가게에서도 각자 한 가지씩 일을 맡아서 하는데, 전체 비용을 정리하는 총무, 회의록을 정리하는 서기, 와인 등 재고 관리를 하는 멤버, 사업장 대표들의 연차 관리를 하는 멤버도 있습니다.

십분의일 말고 청년아로파에서 운영하는 다른 사업장도 있나요?

—

우선 2018년 봄부터 운영 중인 두 번째 사업장 〈빈집;비어있는

집〉이 있습니다. 십분의일 바로 옆에서 역시 와인을 판매하고 있고
요. 작년 9월에 정식 오픈한 제주도 게스트 하우스 〈아무렴 제주〉
도 있습니다. 〈아무렴 제주〉는 서울에서 직장 생활을 하던 멤버가
퇴사하고 제주 애월에 내려가서 새롭게 연 곳이에요. 원래 제주를
좋아해서 자주 다녔었는데 갑자기 제주에서 사업을 하고 싶다고
하더라고요. 그게 정말 되려나 싶었는데, 됐습니다. 이제는 아예 제
주로 이주해서 살고 있어요.

아로파 시즌2도 있다고 들었습니다.
—

있습니다. 아로파를 좀 더 확장하고 싶어서 만들었어요. 시즌1
과 똑같은 가치를 추구하고 하나의 정관을 공유합니다. 시즌2는 양
조에 관심 있는 사람들이 주축이 되어 양조장 설립을 목표로 나아
가는 중입니다. 2019년 5월부터 노량진에서 운영 중인 와인바 '밑
술'이 청년아로파 시즌2의 첫 번째 사업장입니다. 올해 6월에는 드
디어 양조장 설립을 계획 중이에요.

**시즌2까지 하면 지금까지 총 4개의 사업장을 연 셈인데요,
앞으로도 계속 사업을 확대하실 건가요?**
—

청년아로파가 가장 우선시하는 것은 멤버 개개인의 행복이에

요. 사업의 확장을 원하는 멤버가 있다면 지원해야죠. 하지만 당장의 이익을 위해 무리하게 사업을 확장하는 것보다는 좀 더 넓은 관점에서, 아로파는 멤버들의 울타리이자 보험의 역할을 하는 게 바람직하다고 생각합니다. 멤버들 중에 누군가 회사에서 잘릴 수도 있고, 저처럼 힘들어서 그만둘 수도 있잖아요. 그때 아로파가 든든한 안전망이 되어줄 수 있습니다. 그런 멤버들이 아로파 사업장 대표를 맡고 사업에 뛰어들면 전체 사업은 자연스럽게 확대될 거고요.

나오는 / 사람들

나	이현우
강산이 형	이강산
현수 형	오현수
호석이	나호석
세환이 형	박세환
주현이 형	전주현
주영이 형	전주영
동일이	정동일
현이 형	정 현
영민이 형	김영민
준현이 형	박준현
수훈이	김수훈
준석이	허준석

친한 선배	김현정
소름 돋은 친구	김정희
아빠	이여춘
1층 박 사장님	박광일
작은아버지	이응수
디자이너 형	이태형
미술팀 스태프	전보경
아는 선배	박대휘
베를린 다녀온 지인	김필근
오픈형 주방 말린 친구	유인숙
엄마	이미녕
헌법 교수님	장영철
괴짜 교수님	정창영
고양이 좋아하는 손님	장은경
문규 형	강문규
길 못 찾는 지인	윤미희
비 맞은 손님	정다솔
양반 친구	윤대열
서울털보	이관호
물결	권가인
말 많이 거는 손님	강기부
로스쿨 간 후배	한영동
골목식당 어머님	조정분

십분의 일을 냅니다

1판 1쇄 인쇄 2020년 2월 13일
1판 1쇄 발행 2020년 2월 25일

지은이　　이현우

발행인　　양원석
편집장　　차선화
책임편집　　윤미희
디자인　　어나더페이퍼
일러스트　　안다연
영업마케팅　　양정길, 강효경, 정문희

펴낸 곳　　㈜알에이치코리아
주소　　서울시 금천구 가산디지털2로 53, 20층(가산동, 한라시그마밸리)
편집문의　　02-6443-8854　도서문의 02-6443-8800
홈페이지　　http://rhk.co.kr
등록　　2004년 1월 15일 제2-3726호

ISBN 978-89-255-6895-9 (03810)